稼《かせ》ぎ令嬢の
約騒動3
次期公爵様は婚約者と無事に結婚したくて必死です。

出稼ぎ令嬢の婚約騒動３

次期公爵様は婚約者と無事に結婚したくて必死です。

黒　湖　ク　ロ　コ
KUROKO KUROKO

一迅社文庫アイリス

CONTENTS

イリーナ

貧乏伯爵家の長女。

これまで身分を隠して色々な貴族家で臨時仕事をし、その働きぶりから、正規雇用したいと熱望されることも多かった少女。現在、憧れが高じて「神様」として崇拝していたミハエルと婚約中。

ミハエル

公爵家の嫡男。

眉目秀麗で、文武に優れた青年。面白いことや人を驚かせることが大好き。現在、紆余曲折を経てイリーナと婚約できたことを心の底から喜んでいる。

出稼《でかせ》ぎ令嬢の婚約騒動 3

次期公爵様は婚約者と無事に結婚したくて必死です。

人物紹介

アセル

ミハエルの妹で、公爵家の次女。末っ子なため、甘えっ子気質なところがある少女。

ディアーナ

ミハエルの妹で、公爵家の長女。クールな見た目に反して、可愛いものが好きな少女。

アレクセイ

王都の学校に通っているイリーナの弟。尊敬する姉のことなら口がよく回る、社交的な少年。

イザベラ

イリーナの母の友人である女伯爵。イリーナに働き口を斡旋してくれた女性。

ニキータ

ローザヴィ劇場の支配人。現役時代は、人気のバレリーノだった男性。

オリガ

公爵家の優秀な侍女。現在、イリーナの傍付きをしている女性。

用語

神形 ―みかたち―

動物の姿をした自然現象。氷でできた氷像が動くなど、人知を超えた現象であることから、神が作った人形と言われている。討伐せずに放置すると、災害が起こる。

ローザヴィ劇場

王家が主導で始めた有名なバレエ劇場。
主に貴族や富豪が舞台を観に来ている。

イラストレーション◆SUZ

出稼ぎ令嬢の婚約騒動3　次期公爵様は婚約者と無事に結婚したくて必死です。

Engagement Capriccio of the Working Girl 3rd

序章：出稼ぎ令嬢の現状

イリーナ・イヴァノヴナ・カラエフは毎日幸せな夢を見ている気分だった。

もちろん気分的にというだけで、白昼夢を見ているわけではない。冬からの怒涛《どとう》のできごとは夢でしたと言われた方が納得できるけれど、現実だ。

「……本物の貴族になったみたいだわ」

「イーラ姉様は、元々貴族だよね？」

傍仕《そばづか》えのオリガに髪を整えられながらぼんやりと独り言をつぶやく。すると隣で同じように美しい金の髪を整えられているアセルから半分呆《あき》れたような返事が返ってきた。さらに反対側に座る銀髪美女のディアーナからも同じような視線を感じる。彼女達は公爵家の令嬢で、本来なら隣同士で座ることがない雲の上の存在だ。実際半年前は、接点などなかった。

「そうなんですけど。私の家は本当に貧乏だったもので。髪も自分でやるのが普通で、誰かに整えてもらうなんて幼少期以来で夢のようと言いますか……」

アセルが言う通り、私の実家は伯爵の爵位を持っている。しかし持っているのは、爵位だけ。借金まみれだった超貧乏なカラエフ伯爵家に生まれた私は、使用人一人雇えない名ばかりの貴族だ。生活は平民と大して変わらない。そのため自分の服ぐらい自分で買えるように、母の友人であるイザベラ様のご紹介で様々な臨時の仕事をして小遣いを稼いでいた。

その生活が一転。まるでお姫様のような対応に困惑するなという方が無理だ。生活水準の差が大きすぎて精神的について行けない時がある。こんな生活を送ることになった理由は、私が婚約した相手が大金持ちの貴族だったからなのだが……。まるで童話のシンデレラだ。

「ミーシャとの婚約は夢ではないからね？」

「今から、やっぱりなしとかも駄目《だめ》だからね。お兄様、精神崩壊起こすから」

「ミハエルに限って、そのようなことはないと思いますが……でも、大丈夫です。ちゃんと現実だと分かっていますから。ちょっと頬をつねってみたくなりますけど」

私の左右に座る美女は、私の将来の義妹《いもうと》だ。そして私の婚約者は私が一方的に尊敬し憧れていたミハエル・レナートヴィチ・バーリンである。光り輝く銀髪に青空を閉じ込めたような青い瞳。美の女神の寵愛《ちょうあい》を一身に受けたような青年は、文武両道であり、さらに次期公爵という私にはもったいなさすぎる相手だった。何かの間違いではないかと思うこともあるが、今はミハエルに釣り合ういい女になれるよう、目下努力中だ。結婚まで一ヵ月程度しか残されていないので、結婚後も頑張るつもりでいる。

「化粧が落ちますので、頬をつねるのは止《や》めてください」

「折角《せっかく》ここまで詐欺《さぎ》みたいに綺麗《きれい》にしてもらったんだから、終わるまでは死んでも崩さないよ。

うん」

オリガが真剣な顔で訴えてきたので、私は苦笑いしながら了承する。でも彼女が心配するのも分かる。朝からマッサージやパックなどのエステが始まり、一日がかりで綺麗に磨かれ、ようやく最終段階に入ったのだ。顔どころか、亜麻色《あまいろ》の髪も天使の輪ができるほどに磨かれ、もはや芸術の域。この芸術をお披露目前に一瞬で壊されたら心が折れる。

何故こんな風に飾られているのかといえば、王宮で開かれる王太子の誕生日会に呼ばれているからだった。王太子はミハエルの幼馴染《おさななじみ》であり、次期公爵の立場からしても欠席するわけにはいかない。そしてこういったパーティーではペアで出席が基本で、ミハエルの婚約者となった今、私には出席する義務があった。

神のごとき、美しすぎるミハエルの隣に立つには、もう詐欺と言われても仕方がない勢いで飾らなければ、かなり悲惨なことになる。そのためオリガは公爵家の技術をフル活用し、芸術作品を作り上げていた。

「死んでは困りますので、死にそうになるぐらいならいくらでも崩してください。私もおりますので、控室《ひかえしつ》で何度でも直しますから。そもそも、詐欺のような化粧はしておりません。元々の素材を生かしております！」

オリガが胸を張って自分の作品自慢をしたが、私は死んだ魚のような目になっている気がする。……どんな素材でも美女に変える魔法の化粧技術を前にすると、慰《なぐさ》めが逆に心に痛い。でも仕方がない。私の隣に立つのはミハエルであり、さらに一緒に行くのは、ミハエルと同様に美の女神に愛された姉妹だ。生半可な化粧では、周りの方が反応に困るだろう。

「イーラ姉様は相変わらずだね。でも今日は絶対イーラ姉様のダンスに皆見惚《みと》れると思うなぁ」

「そうね。スザンナ先生も、手放しで褒《ほ》めていらっしゃるし。……ただあまりに熱が入りすぎていて、本気でイーラをバレリーナにしようとしているんじゃないかと思えてくるけど」

「それはいくらなんでもないですよ」

姉妹の言葉に私は苦笑いする。スザンナ先生とは私と姉妹にダンスを教えてくださる先生のことだ。

いくらなんでも私が今からバレリーナになるのは現実的ではないので、それはないと思う。しかしダンスの先生は元々がバレエ出身なため、社交ダンスのついでにバレエのレッスンもしてくれていた。バレエをすれば自然といい姿勢を保てるようになるし、個人的にはいい運動にもなって一石二鳥なのだが、姉妹から見るとやりすぎに見えるらしい。そういえば、姉妹は雪祭りで舞を披露してからの稽古は社交ダンスのみでバレエレッスンは受けていなかった。

「スザンナ先生って、確か元は王都にある劇場でプリマをしていたんでしょ？　折角王都に来ているわけだし、機会があれば……って思っていそうな気がするけど」

「元プリマで、コネがあるとしても、そもそも私は身長が低いから無理ですって」

バレエは容姿のよさも必要となるので、身長も厳密に決まっている。私は規定の身長に若干《じゃっかん》足りないのだ。先生もそんな初歩的なことは分かっているだろう。

「そんなことより、わざわざ王都まで教えに来てくださる先生達には感謝しかありません」

春に王都に遊びに来てから、私は公爵家に戻《もど》ることなく王都に滞在し続けていた。一度は戻ろうと考えたが、夏に行う結婚式の打ち合わせや王宮で開かれる王太子の誕生日会への出席の関係で王都に滞在した方が効率的だったためだ。そして私が引き続き滞在することになったため、家庭教師の先生も呼び寄せることになり、姉妹も一緒に残ることになった。

「それにディーナやアセーリャにまで付き合わせてしまって申し訳ないです」

「むしろ悪いのはミーシャだから、気にしないでちょうだい。数ヵ月もしないうちに結婚して一緒に住めるというのに、離れたくないって嘘泣《うそな》きまでして駄々《だだ》をこねるとか、本当に我が兄ながらあり得ないわ」

「お兄様って本当にイーラ姉様のことが好きだよね」

どす黒い空気を醸《かも》し出すディアーナに、私は苦笑いするしかない。実の兄の行動が、真面目《まじめ》な彼女にとってはあり得ないものだったようだ。

実は王都での滞在を続ける決定打は、ミハエルがここにいてとごねたからだったりする。バーリン領は王都までそれほど遠くないので、帰ったとしても実際のところなんとかなる。本来だったら王太子の誕生日会までは王都に行く予定もなかったのだ。

「私も王都にいた方が効率的なのは事実ですし。その……ミハエルも、疲れていたのではないですかね？」

「そこは愛されているからってことにしておこうよ。でも、お兄様が我儘《わがまま》言ってごめんね？」

神のように崇《あが》めているミハエルのまさかの泣き落としは、私も正直どう取り扱えばいいのか分からない情報だ。

とはいえ『イーシャは俺のことが嫌いなの？』なんて涙目で言われたら、『好きに決まっています！』と力説した後に、残るという選択肢《し》しか選べない。

「いいえ。私がそんなに困るような我儘ではないので。ただあの嘘泣きはレアと思えばいいのか、我儘を言うミハエルも可愛《かわい》いと思えばいいのか、涙をハンカチにしみこませて永久保存するべきだったのか……」

「最後のは止めてあげて。妹としてミーシャが不憫《ふびん》になるから。ただレア扱いもアレだけど、あの面倒な状況で可愛いと言ってのけられるイーラが凄《すご》いわ」

「えっ？　可愛くないですか？　年上なので失礼かもしれませんけど」

「……まあ、可愛いなら神様扱いではないから、いいんじゃないかな？　うん。そういうことにしておこうよ」

私はバーリン公爵領の雪祭りで出会い、前向きに生きられるよう導いてくれた十年前からずっと、【ミハエル様】のことを信仰してきた。婚約したばかりで婚約者が誰なのかを知らない時に、ミハエルへの恩返しがしたいと、ミハエルの実家であるバーリン公爵家に臨時の使用人として働きに行くぐらい私の信仰心は厚い。しかし正式に婚約者になってからというものミハエルは私に神様扱いをされるのを嫌がる。

努力の結果、最近は婚約者のミハエルと信仰するミハエル様は別物だと思えるようになってきた。とりあえず私の婚約者は、完璧《かんぺき》人間だけれどちょっと子供っぽいところのある可愛い人だ。ちょっと我儘を言うところもその可愛さで許してしまう。

「終わりました。イリーナ様、ご確認ください」

「ありがとう」

オリガに手鏡を渡され、私は綺麗に編み込まれた亜麻色の髪を確認する。いつもと変わらない曇り空のような灰色の瞳なのに、ちゃんと美人な貴族令嬢に見える。……恐るべし、公爵家の化粧技術。

夏仕様なのでドレスの首回りが空いている代わりに、サファイアと真珠で作られた首飾りが着けられていた。サファイアの色がミハエル様の瞳の色に似ていて綺麗だなぁというところで思考は止めておくことにする。金額を考えたら動けなくなりそうだ。今の私は総額いくらだろう。

「オリガありがとう。この姿なら、ミハエルの横に立つという難易度の高い任務もこなせる気がしてきた」

「そんなに構えなくても大丈夫だよ。王太子殿下とは私達も幼馴染だし、何かあればフォローするから。ね、お姉様」

「そうよ。誰だって初めてはあるわ。不慣れを笑う人は、新しいことに何も挑戦できない可哀想な人よ。イーラはただミーシャの婚約者として堂々と立っていればいいの」

「頑張ります」

舞踏会慣れをしている上に、王妃の覚えもめでたいディアーナとアセルがいれば、百人力な気がしたが、緊張するものは緊張する。

これまでの人生で王宮に赴《おもむ》いたことがあるのは使用人としてで、貴族としてパーティーに出席するのは初めてだ。自分の無作法を笑われるのは自業自得なので仕方がないと割り切れるが、それがミハエルの評価にも繋《つな》がると思うとどうしても肩に力が入る。とにかく今日は、無難に終わらせるのが目標だ。

全員の身支度が終わったので、私達はリビングへと向かった。今日のために用意されたラベンダー色のドレスはいつも以上にスカートが膨《ふく》らんでいるため、動きも取りにくい。ドレスの中に護身用の刃物や銃は隠せるが、それを王宮でやった場合、逆に何かがあった時は真っ先に疑われてしまうのでできないのが難点だ。いつもの小道具を持てないのは、いささか心もとない。それでも何かあった時は体術と会場にあるものでミハエルを守ろう。

使用人によって開かれたリビングの中には、三人の貴公子が待っていた。

「美しすぎて、目が潰れそう……」

「美しさを褒めたいのは俺達の方だからね」

三人の貴公子はそれぞれ雰囲気が違うが、誰もが美青年であることは間違いない。中でも一番美しいのは月のように輝く銀髪の持ち主であるミハエルだと思うのは、けして婚約者のひいき目ではないと思う。彼が誰よりも美しいと感じるのは神が決められた自然の摂理《せつり》だ。

とはいえ、残りの二方もそれぞれ好青年には間違いない。ディアーナの婚約者であるエリセイはやさし気な風貌だし、アセルの婚約者であるルカもエキゾチックな風貌の青年だ。……この部屋の美の偏差値が高すぎていたたまれない気分になる。公爵家の化粧技術が、私の顔面偏差値を底上げしてくれていることを願うしかない。

「いつものイーシャも可愛らしいけれど、今日のイーシャは一段と美しくて、誰にも見せたくないな」

「いいえ。公爵家の英知を集結させた上で、オリガの血と汗と涙と努力の結晶である化粧を誰にも見せないのはもったいないです」

私が力説するとミハエルは苦笑いしながら、私の近くへ歩み寄ってきた。

残る二人も、今日エスコートする予定である婚約者の元へ移動する。

「むしろ美しいのは私よりもミハエル様かと。一日かけて着飾っても決して敵《かな》わない美しさ。それにいつもの軍服姿もりりしくカッコイイのですが、グレーにも緑にも見えるジャケット姿も麗しいです。ジャケットの内側が薄紫色をしているのもおしゃ……お洒落？」

私はさりげなく見える紫から自分のドレスを見下ろした。……あれ？　もしかしなくても同色ではないだろうか？

これはまさか、ペアルック的な？　えっ？　まさか。

「イーシャのラベンダー色のドレスも素敵だよ。イーシャが華奢《きゃしゃ》な分、まさに花の妖精のようだ」

「ひい。よ、妖精？　……妖精?!　えっ。いや、あの」

「それに、この首元のサファイアもよく似合っている」

「そ、そうですよね。この石、まるでミハエルの瞳のような色味で、凄く綺麗だなと」

「うん、うん。俺もそう思って選んだんだ。そしてね、俺のピンブローチはスター・グレー・サファイアという石を使ってみたよ。ほら、見て。イーシャの瞳の輝きを閉じ込めたみたいな宝石だろう」

「……ソウデスネ」

曇り空のような灰色に似た色味の宝石をわざわざ探すのもどうかと思うのに、それをわざわざ目立つ場所に身に着けるとか……。しかし光り輝く宝石は、灰色の癖に美しい。ミハエルの目には私の瞳がこんな風に見えているのかと思うと落ち着かない。

じわじわと羞恥心《しゅうちしん》を刺激され私は固まった。

「あ、あの。勘違いかもしれないですけれど、今日の服装はもしかしてペアルックになっている的な……」

「ああ、本当だね。でも丁度《ちょうど》いいよね。イーシャが俺の婚約者だとよく分かるし。変な男が寄りついたら困るからね」

さも今気が付きました的な雰囲気で話しているが、確実にわざとだ。ミハエルがドレスなどを一式用意したのだから気が付かないわけがない。

新婚や愛妻家がペアルック的な服を着てくることはあるけれど、服だけではなく装飾品までお互いの色を身に着けているので、正直いたたまれない。

「特に今日のイーシャはいつも以上に美しく着飾って、まるで女神だ。これが王太子の誕生日のためというのは正直憎たらしいけれど。でもしっかりと化粧をして、美しく着飾っている貴族然としたイーシャを一番近い場所で見ることができるなんて俺は幸せ者――」

「ミハエル、言いすぎです。これ以上は心臓が持ちません！」

私はツラツラと出てくる賛辞に耐えられず、とっさにミハエルの口に手をやり塞《ふさ》いだ。

あああああ、恥ずかしいっ!!　絶対顔が真っ赤になっているに違いない。今は化粧で顔を触れないから隠せないというのに。

そんな私に対して、ミハエルは幸せだと言わんばかりのとろけるような笑みをした。正直、本当に心臓が止まりそうだ。

そして心臓をバクバク言わせている私の手をそっと握ると、やさしく自分の口から剥《は》がす。

「イーシャが俺のことを褒めたら、お返しに俺も褒めるという約束だよね？　正直まだまだ褒めたりないなぁ」

「ううう。私は褒められ耐性がないので、手加減してください」

恥ずかしくて今すぐにでも顔を隠したいが、オリガの力作である化粧が剥がれるといけないので無暗《むやみ》に触れないジレンマ。それに今はミハエルが手を握っているので物理的にも無理だ。

「十分手加減しているよ？　この国の男は我慢強さが愛の証《あかし》だからね」

チュッと指先にキスをされ、ポンッと私の頭が爆発した。実際にはしてないけれど、気持ち的には大爆発だ。

ミハエルの悪戯《いたずら》好きは知っているけれど……知っているけれどっ!!

「ミーシャ、そこまでにしておきなさいよ。まだ、イーラは妻ではなく婚約者なんですからね」

ディアーナの言葉に、私はハッとなった。そうだ。ここにいるのは私だけではなかった。周りを見れば生温かい眼差《まなざ》しとぶつかり、余計にいたたまれない気分になる。

「そうだ。イーラ姉様はエリセイお兄様にはお会いしているけれど、私の婚約者とは初対面だったよね？　彼はルカ・マカーロヴィチ・パラノフ。パラノフ伯爵家の嫡男《ちゃくなん》だよ」

「初めまして。ルカと呼んでください」

「初めまして。私はイリーナ・イヴァノヴナ・カラエフです。呼び方はどのような形でも構いません」

「では、私もイーラ姉様と呼ばせてもらいますね」

ニコリと暗い緑色の目を細めて笑うルカはアセルと似た雰囲気のほんわかとした青年だった。ただし見た目は違い、髪は漆黒で少し肌がバターっぽい色合いをしている。パラノフ伯爵の妻、つまり彼の母親がこの国より南方の出身だったためだ。ほんわかしているが眉はりりしく意思が強そうだ。異国風の見た目のせいで年齢が分かりにくいが、アセルよりも年上だったはず。

「アセーリャから色々噂《うわさ》を聞いておりますが、今度是非私にも武勇伝を聞かせてください」

「へ？　武勇伝ですか？」

そんな伝説になるような面白い話は持っていないはず……。私が少しだけ人と変わっている部分は、貧乏伯爵令嬢であったために出稼ぎをしていたことぐらいだ。確かに令嬢としては風変わりな経験をしているとは思うけれど、それほど楽しんでもらえる話ができるとは思えない。

「なんでもこの間、男装をして巨大な烏賊《いか》のような神形《みかたち》を討伐したとか」

【神形】は動物の姿をした自然現象のことだ。動物の形はしているけれど、体が氷や水、土などでできており、厳密には生き物ではない。そんな神形を討伐せず、放置すると災害が起こるため、武官などが討伐をするのだが、貴族令嬢が討伐をすることは普通はない。

「……アセーリャ？」

「えへへ。ルカーシャなら口も堅いし大丈夫かなって」

えへへと笑う姿は可愛らしいが、可愛いでは済まされない内容が多く含まれている。私が色々あって、つい最近男装して臨時武官の仕事をしたことは内緒だ。過去の話は、若気の至りで時効だと思っているけれど、最近のは話が別だ。いくらなんでも、次期公爵の婚約者が大っぴらにやるような仕事ではない。それに水大烏賊《クラーケン》を退治した時は、男のふりをした状態で女装して、お忍びで視察をする異国の王女の護衛をしていたというカオスな状況だった。そのためこの噂が流れてしまうと色々問題がある。

「それにルカーシャだけ仲間外れは可哀想だよ。エリセイ兄様だって知っているのに」

エリセイは男装して臨時武官をしている時に、偶然見られてしまったため知られてしまっただけだ。わざわざ説明をしたわけではない。

私が無言でジッとアセルを見つづけると、彼女は気まずげに視線を彷徨《さまよ》わせた。

「うう……イーラ姉様。内緒だと言われていたのに話してしまってごめんなさい」

最終的にアセルは言い訳をやめ、素直に謝った。まるで私が苛《いじ》めているようで心が痛むが、これは反省してもらわなければいけない話なのだ。私の名誉だけでは済まない内容が含まれている。

「仲間外れは嫌だという気持ちも分かりますので、今度からは話す前に相談してくださいね。ルカもここだけの話にしてください」

「分かりました。でも面白そうなので、内緒にするから色々聞かせてくださいね」

しょんぼりと謝罪されたら許さないわけにはいかないのでもちろん許すけれど、ルカは結構図太い性格のようだ。むしろ楽しいことが大好きっぽいところなど、公爵家の面々に非常によく似た性質を感じる。まだ知り合ったばかりなので詳《くわ》しく彼の性格を知らないが、アセルより年上なので、ちゃんと必要な場面では自制心が勝《まさ》ってくれることを祈るしかない。楽しいことが好き同士だと、一緒にいることによって、抑えが利《き》かなくなってしまうことがある。

「イーシャ、大丈夫だよ。ルカは馬鹿じゃない。まさかイーシャに迷惑をかけることをするはずがないだろ？」

キラキラキラっと光り輝くミハエルの笑みが眩《まぶ》しい。なんて素敵な笑みだろう。こんな笑みを近くで見られるなんて幸せだったが、ルカには眩しすぎたのか顔が若干引きつっている。

「ねえ。義兄《にい》さんって、こういう性格なの？」

「うん。そうだよ。イーラ姉様のことに関しては容赦《ようしゃ》ないよ。拗《こじ》らせているから」

「アセーリャ？」

「おっとと」

アセルはひそひそとルカと内緒話をしていたが、ミハエルに名前を呼ばれるとお口を両手で塞いだ。

ミハエルはその様子を見て、仕方なさそうに肩をすくめると周りを見渡す。

「お喋《しゃべ》りはこの辺りにして、そろそろ出発しないといけない時間だから、行こうか」

ミハエルの掛け声で、私達は王宮に向けて出発をした。

一章：出稼ぎ令嬢の噂

王太子の誕生日会の時間は夕方というよりも夜と言っていい時間に開催される。しかし白夜の季節に入ったため、外は明るい。季節柄雪も降らず動きやすいため、外にはそれなりに人が出歩いていた。

「夏になってきましたね」

馬車の窓を開ければ、潮風が入ってくる。初めこそ慣れなかった磯《いそ》の香りも、数週間も滞在すればあまり気にならなくなっていた。

「ついこの間まで冬だったのにあっという間だね」

向かい合うように座るミハエルもまた外を見る。

この国の春は短い。だからこその言葉だと思うが、本当にあっという間だった気がする。私が次期公爵の婚約者として社交を開始するのは王の開く舞踏会などに参加してからという取り決めだったが、それはもっとずっと先な気がしていた。でも夏になり、もうすぐ結婚するのだから、いつまでも先延ばしにはできない。

家庭教師をつけてもらうなど、できる限りの準備はしたつもりだ。服や装飾品も次期公爵の婚約者として恥ずかしくないものを選んでもらった。だから後は私がどこまで頑張れるかだけだ。

「イーシャ、緊張している？」

「……そうですね。結構しています。私が後ろ指を指される程度ならいいのですが、ミハエルの婚約者として参加する限り、私の評価はミハエルの評価にもなるので」

これまでミハエルは、容姿に、能力、さらに家柄まで完璧《かんぺき》で、舞踏会では高嶺《たかね》の花だった。全てを持っているのに、年頃になっても婚約者を持たない彼の隣には、いったい誰が立つのだろうと皆が噂《うわさ》をしていたのを知っている。自分こそがと夢見る女性も多かったはずだ。

その中で私が婚約者として名乗り出るのだから、注目度は半端ないだろう。そして完璧なミハエルのあら探しをしているような人は、隙《すき》のある私の方からミハエルの評価を貶《おとし》めようとするはずだ。正直気は重い。

「本当にそういうのは気にしなくてもいいんだけどね。イーシャが社交を好きになれないなら、俺が公爵を継いだ暁《あかつき》には、公爵領に引きこもっていてもいいよ。流石《さすが》に王家主催のものには参加してもらわないといけないけど、それ以外は今からでも不参加でいいし」

「えっと。それは公爵夫人として不味《まず》いのでは？」

公爵夫人になれば、女主人として屋敷を管理するのが主な仕事だが、旦那と一緒に社交に参加するのも大切な仕事だ。

特に女性には女性の戦いがある。ただ楽しいからだけで、女性はお茶会をしているわけではない。

「もちろんやってくれた方がいいんだろうけど、嫌ならサボっても別に構わないよ。俺は公爵夫人の仕事をさせるためにイーシャと結婚しようと思ったわけではないんだし。イーシャがイーシャらしくいられるのが一番だからね」

「……ミハエルは私に甘すぎると思います」

「うん。だって、甘やかしたいんだもん」

可愛《かわい》らしくもんと言われ、私はあざといと思いつつも、悶《もだ》えさせられる。次期公爵がこんなことを言っていたら問題だろうに。

「でもイーシャは頑張り屋だからきっと逃げないだろうし、絶対大丈夫だって知っているから言っているんだよ。なんでも悪く言う底意地の悪い貴族の鼻だって明かせると思う。ただし本当に嫌な時は嫌だと言ってね。さっきの言葉は嘘《うそ》じゃないから」

やっぱりミハエルは私に甘いようだ。

これまで社交界を使用人目線で見てきただけの人間が、次期公爵の隣に立って社交界デビューして、なんの問題もないわけがない。それは使用人目線で数々のパーティーを見てきたからこそ分かる。でもミハエルは、大丈夫だと信じてくれているのだ。信じた上で、逃げ道も示してくれている。

それだけでとても心強く感じた。

「分かりました。絶対ミハエルに恥はかかせません。成功させてみせます」

無理だろうとなんだろうと、こんなに甘やかしてもらえたからには、それだけのものを返したい。そう思い、手を握りしめ宣言すると、ミハエルが微妙にしょっぱいものを見る目で私のことを見ていた。

「うん。イーシャなら、そういう反応になるんだろうなって予想はできていたんだけどね。たまにはちゃんと頼ってね？」

「頼っていると思いますが？」

というか頼りっきりではないだろうか。

ドレスもアクセサリーも全てミハエルが用意したものだ。化粧はオリガが施しているけれど、そもそもオリガのお給料は公爵家が払っているわけで。貧乏伯爵家の令嬢が手出しできるものは何もない。

「頼られ足りないんだよ。本当はもっと甘えてもらいたい。でももちろん勇ましくて頼りがいあるイーシャも好きだけどね！　そこは絶対勘違いしないでよ」

「はい。その……ありがとうございます」

最近のミハエルは遠慮なく褒《ほ》め殺してくる。それこそ私ではミハエルに相応《ふさわ》しくないのではないだろうかとチラリとも思えない勢いで愛を伝えてくるのだ。ミハエルに愛されていないという不安だけは持ちようがない。

嬉《うれ》しいけれど恥ずかしくて、常に心臓は高鳴りっぱなしで、時折どうしていいのか分からなくなる。人の恋愛話はこれまで沢山《たくさん》聞いてきたけれど、自分自身は初めてなのだ。

そんな空気をよそに、馬車は王宮の門を潜《くぐ》り抜け庭を駆けていく。そして今日予定しているパーティー会場である宮殿の前で止まった。

城へ入るための階段横には噴水が設置され、黄金でできた神形《みかたち》の像からは惜し気もなく水が噴き出している。まさに贅《ぜい》の限りを尽くした庭だ。

多くの貴族達がその横を通りすぎながら宮殿へと入っていく後ろ姿を、私はぼんやりと見つめた。凄《すご》すぎて、本当に現実感が乏《とぼ》しくなる。

それでもいつまでもぼんやりとはしていられない。私も馬車から降りると、ミハエルにエスコートされながら階段を上る。ザーザーと水の音が、暑さを忘れさせてくれた。

「あの龍、凄く迫力がありますね」

噴水の中でも一際大きな神形の像の精巧さに私はただただ感心した。本物の龍と比べればもちろん大きさは小さいが、今にも動き出しそうだ。以前も一度見たことがあったが、その時は使用人として来ていたので、こんなにゆっくりと眺めたのは初めてだ。

「確かあれは王都がスイーニィになってから、一度だけ出現したことがある水龍《ウォータードラゴン》をモデルにしているらしいよ」

「ああ。国王が退治したという」

「そうそう。昔のことだからどこまで本当かどうかは分からないけれど王都に出現したと言われる水龍さ。あの神形は神が王に与えた試練であり、王は神に認められたと、王家に都合がいい物語になっているよね。だから威光を分かりやすく表す象徴になっているんだ」

率直なミハエルの言葉に私は苦笑いする。

水龍退治の物語は、王が神形から国民を守ってくれた素晴らしい存在だと子供にも分かりやすく伝えられるよう、絵本にもなっていた。本は高価なものなので中々庶民は買うことができないが、この絵本だけは安く作られ、子供が文字を勉強するための道具にもなっている。結局のところこれは王家の威光を強めるための媒体だ。安く買えるのも民から集められた税金をそこに当てているから。だからこの物語が王家に都合がいいと言われても間違ってはいない。それでもこんな風に素直な意見を口にできるのは、この国で王家の次に力を持ち、王家とも懇意にしているミハエルだからこそだろう。

「この宮殿は水龍《ウォータードラゴン》宮殿という名だけれど、夏に開く舞踏会で必ず使われるから、夏宮殿とも呼ばれているね」

「へぇ」

ミハエルの話に相槌《あいづち》を打ちながら、私は宮殿の中へと足を進める。王宮の中にも外の黄金の龍のような像が飾られている上に、いたるところが金に輝き眩《まぶ》しい。まさに人に見せるための宮殿といった装いだ。だからこそここでよく舞踏会を開くのだろう。

受付をしている使用人にミハエルが招待状を見せれば、私達は奥へ通される。

「なんだか、凄いですね」

「本当に贅を凝《こ》らした作りだと思うよ。普通に過ごすには落ち着かないよね。でも分かりやすく財力を誇示できる建物は必要だからねぇ」

「それもそうなのですが、人も多いし、どの女性も綺麗《きれい》だしで……」

ダンスホールへ向かう途中でも多くの貴族令嬢がおり、それぞれこれでもかというぐらい綺麗に着飾っていた。よく女性を花に例えたりするが、色とりどりで、ふわりとスカートが広がったドレスを纏《まと》う女性達が集まる様子はまさに花畑だ。この中に同じように花として入るというのは、中々に勇気がいる。公爵家の化粧技術が駆使されているとはいえ、花畑に間違えて雑草が生えてしまったかのように、浮いてしまうのではないかと心配になった。

会場前から既《すで》に戦いは始まっているのだ。

「俺にはイーシャが一番綺麗に見えるよ」

ミハエルの歯が浮くようなお世辞に私は苦笑しながら、彼の顔を見上げた。ミハエルは化粧をしていないのに、白くきめ細かい肌をしている。ひげも生えていないため、一生懸命パックなどで美しい肌を保とうとする女性と比べても嫌味なぐらい遜色《そんしょく》がない。鼻筋もよく目元も涼やかだ。さらにそこにはまる瞳は宝石より美しい空の色をしていて——。

「誰より美しいのはミハエルでした」

「はい？」

「そうですね。どの令嬢だってミハエルの抜きん出た、神のごとき美貌には敵《かな》いません。そう考えれば私と他の令嬢との差はどんぐりの背比べ程度。気にする方が馬鹿馬鹿しいですね。うんうん」

「どういう納得の仕方なのかさっぱりだけど、緊張が少しでもほぐれたのならよかったよ」

私が自分で勝手に納得して頷《うなず》いていると、今度はミハエルの方が苦笑していた。

「イーラ姉様！　よかったぁ。ちゃんと合流できて」

そんな会話をしていると、後ろから姉妹とその婚約者達がやってくる。馬車はそれぞれ男性側が用意しているので、到着タイミングが少しずつずれてしまった。ただし入場に関しては、公爵家ご一行のくくりで入ることになっているので、会場への入場前に全員で集まったわけだ。

会場への入場は、基本早いもの順だ。ただし公爵など爵位が高い者がやってきた場合は、前後が入れ替えになる。ミハエルは公爵代理としてここにいるので、当然のように入場の順番が繰り上がった。その同行者となる私達も同様だ。

「公爵家、ミハエル・レナートヴィチ・バーリン様並び、伯爵家、イリーナ・イヴァノヴナ・カラエフ様ご入場です」

貴族同士で開く舞踏会では入場でわざわざ名を読み上げたりしないが、王家が開く正式な舞踏会は爵位と名前が会場への入場時に読み上げられる。誕生日会も同様の対応のようだ。これは主催者の知り合いのみが来るパーティーではなく、参加者の幅が広く、準貴族も参加するためだ。また読み上げをすることで不審者が入り込む危険を極力下げている。

そしてミハエルと一緒に名を読み上げられたことで、確実に私がミハエルの婚約者であると周知されただろう。周りから、あれは誰だという視線を感じる。背中を丸めて隠れてしまいたいところだが、ミハエルと結婚して彼を支えると決めたのだから、隠れてはいられない。せいぜい虚勢をはって、顔だけは下を向かずに前を見ておこう。人の第一印象というのは馬鹿にできない。

一度これはないと思われたら、それを覆《くつがえ》すのは大変だ。

私達が中に入れば、続いてディアーナ達、さらにアセル達が名を呼ばれ入場する。

「さてと、すっごく面倒だけれど、今日の主役に挨拶《あいさつ》をしに行こうか」

あっ、今、すっごくの部分が力強かった。

珍しく本気で面倒がっているらしいミハエルに私は内心首をかしげる。主役ということは挨拶をしに行く相手は王太子ということだ。今は国王と一緒の席で来客者に挨拶をしているのでまとめてご挨拶ができるのは丁度《ちょうど》いい。それに王太子はミハエルとは幼馴染《おさななじみ》でかなり仲がよかったはずだ。特に二人の仲が険悪だという噂はなかったはずだけれど、表向きとかあるのだろうか？　ミハエルを遠くから信仰している間も、流石に彼らの話を盗み聞きすることはできなかったので分からない。

椅子に腰かけて周りの貴族から祝辞を受け取っている王太子は金色の髪に青い瞳という、まさに絵本の中から飛び出した王子様風の顔立ちだった。ミハエルと並び立っている時は、金銀の貴公子とまとめて呼ばれていたほどミハエルに負けない美青年だ。

そんな彼は、にこやかな表情で来客者に労《ねぎら》いの言葉をかけているが、遠目ながらミハエルと話している時の姿を幾度となく見てきた私としては、あれは余所《よそ》行きの顔だなと思う。機嫌は可もなく不可もなくと言ったところだろうか。王太子は機嫌が悪いと笑顔に凄みが出る。これは別に王太子を観察しようとして身につけた知識ではなく、あくまでミハエル様信仰をする際に遠くから拝み続けていた時におまけで身につけた技能だ。つまりは、私がそんな技能を身につけられるぐらい、彼らは学生時代からいつも一緒にいた。

ミハエルが近づくと、王太子の笑みが目に見えて変わった。ぱあああっと、その場に花でも咲いたかのような笑みだ。もう少し取り繕《つくろ》った方がいいのではないだろうかと思わなくもないが、ミハエルと王太子の仲がいいことは有名である。そのため次期王と次期公爵の仲がよくてよかったとなっており、咎《とが》める人はいない。

「ミハエル、遅いじゃないか！」

「到着時間は間違えていません」

「君の女神様をいつ拝めるのかって、ずっと待っていたんだからな」

「……殿下にはできるだけ会わせたくなかったんです」

「なんでだよ。いくらなんでも、幼馴染の超長い片思い相手に手を出すほど馬鹿じゃないさ。もしかして彼女の方が俺の美しさにくらっとくるかもって心配しているのかい？」

　にっこりと微笑《ほほえ》まれたが、中々に不穏な会話な気がする。それはつまり幼馴染の超長い片思い相手でなければ手を出すかもしれないということでは……。

「そこは心配していませんから。イーシャの好みは殿下より俺ですから。そうではなくて、貴方の場合はサラッと悪気なく駒として利用しようとしてくるから嫌なんです。俺の婚約者だろうと気にしないでしょうが」

「さりげなく惚気《のろけ》ながら、悪態をついてくるねぇ。でも俺は、ちゃんと使える人材しか使わないし、人は選んでいるんだけどなぁ」

「いつも迷惑をかけられているんだから、少しぐらい惚気られても罰は当たらないと思います。そして使えると判断されると厄介だから会わせたくなかったんですよ。俺のイーシャは素晴らしい女性なので」

　いつものなんでもスマートにこなすミハエルとは違う対応だ。親しいが故のぞんざい加減というか。……でも、そのそっけなさがカッコイイ。近くで会話を聞くことは今まで恐れ多くてできなかったけれど、いつもこんな話をしていたのか。婚約者という立場はなんて素敵な特典がついているのだろう。ああ、幸せ。

そんなことを思っていると、王太子とミハエルが私をジッと見てきた。ミハエルの方は少し顔が引きつっている。

「流石ミハエルの女神様だね。全然動じていないというか、口の悪い君を見て、目をキラキラさせているよ」

「……イーシャは俺のことが好きだからねと言いたいところだけれど、なんだろう。期待しているものと違っている気がする」

期待にそえなかったのは申し訳ないが、今まで聞けなかった幼馴染会話にわくわくしてしまうのは仕方がないと思う。

「殿下、では改めて、誕生日おめでとうございます」

「うん。ありがとう。公爵家から贈られた茶器はとても素敵だったよ。さあ、挨拶はこれぐらいで、彼女を紹介してくれないか?」

誕生日会のはずなのに、誕生日の挨拶がおざなりだ。どう反応していいか分からず困惑してしまう私をよそに、ミハエルは少し顔をしかめながらため息をついた。顔をしかめるミハエルも新鮮で素敵だと思ったが口には出さずに、いい子で待つ。流石にそれぐらいの分別はある。

「彼女はイリーナ・イヴァノヴナ・カラエフ。カラエフ伯爵の長女であり、俺の婚約者です」

「初めまして、イリーナ嬢。ようやく君に会えて光栄だよ」

「名前ではなく、名字で呼んでください」

「嫌だよ。すぐに君の名字に変わってしまうんだろう？　だったら名前の方が効率的だ」

「その心は？」

「ミハエルの嫌がる顔、楽しいな」

王太子の言葉にミハエルはものすごく嫌そうな顔をした。これを楽しめる王太子は凄い。もちろん私は信仰歴が長いので楽しめるけれど。にこやかなミハエルの方が多いが故の、レアさ加減。素晴らしい。

「改めて、イリーナ嬢。これから長い付き合いになると思うからよろしくね」

「は、はい。よろしくお願いします」

私は慌《あわ》ててカーテシーをとる。あまりに気さくな会話をされすぎて、一瞬反応が遅れてしまった。王太子と言えば、雲の上のような存在だ。普通はこんなに気安くはない。

「じゃあ、挨拶も終わったし行こうか。向こうに美味《おい》しそうなご飯があるはずだよ」

「そんなに慌てなくてもいいじゃないか」

「貴方に挨拶したい方はまだ沢山いるんですよ？　俺が主役を独占したら申し訳ない」

「わー、全然心がこもってないね。でも、イリーナ嬢。王子様とはね、それなりに仲よくしておくとお得だからね。困ったことがあったら頼ってね」

「ありがとうございます」

私がお礼を言った後、ミハエルは王と王妃に対して挨拶をすると、私を連れて移動した。

ディアーナとアセルもミハエルと同じく王家とは親しくしているので、王妃と楽しそうに談笑している。そのため、私達だけ先に離脱だ。あまり王族の方々から話を振られるとボロが出てしまいそうなので、正直挨拶だけで切り上げられるのはありがたい。

「ミハエルが殿下と仲がいいことは知っていましたが、本当に親密なんですね」

「親密というか、腐れ縁に近い幼馴染なんだよ」

ミハエルは苦虫を噛《か》み潰したような顔をする。先ほども気安くはあるが、楽しそうなのは王太子ばかりでミハエルはどちらかというと、あまり歓迎していない様子だった。

「学校も同じで、いつもご一緒だったと思いますが……その、あまり仲がよろしくなかったりするのですか？」

公爵家は、個人的な感情で王家と不仲になってはいけない立場だ。どうしてもそりが合わないこともあるだろうが、感情面だけで袂《たもと》を分かてば国が分裂しかねない。だから合わなくても合うふりが必要だ。でも遠目から見ていた感じでは、これまで演技はしていないと思っていた。かといって、私が勝手に思っているだけなので、本当のところは分からない。

「安心して。悪くはないから。小さい頃は、性格も似ていたから一緒になって悪戯《いたずら》をしかけていた仲だしね。ただし成長するにつれて周りから期待される役割が変わって、殿下の尻拭《しりぬぐ》いとか、殿下の手伝いを色々やらされるようになってね。どうにもあの顔を見ると厄介事が来る気がするんだよ」

「なるほど。とても殿下から信頼されているということですね」

王太子からの信頼が厚いとか、流石ミハエルだ。本人はとても迷惑がっている様子だけど、普通は中々ない。

「不本意ながらね。俺は野心はあまりないし。そして殿下は、人を利用するのが得意なんだ。だからイーシャはあの男に不用意に近づいてはいけないよ。本当に油断も隙もないから」

「はい。ミハエルの弱みにならないよう気を付けます」

なるほど。王族としては人を上手く使うのが得意というのは統治する上で素晴らしい能力だと思う。しかしそれによって、私という存在がミハエルの弱みになるのは不本意だ。脅《おど》しの材料には絶対なりたくない。

「うーん。弱みといえば弱みなんだけれど、あまりそういう心配はしていないというか……。殿下ならイーシャに対しても色々無理難題を言ってくる気がしてね」

「そこまで接点がないので、よっぽどのことがない限り大丈夫だと思いますし、私ができることなんてあまりないですよ？」

無理難題を言われたところで叶《かな》えられないものはどうにもならない。私が胸を張って得意だと言えそうなのは、刺繍《ししゅう》と掃除ぐらいのもの。そして王太子がお針子に困っているなんてことはあり得ないし、メイドだって充実してそうだ。

「少なくても、男装して臨時武官になって神形を討伐できる伯爵令嬢は、イーシャ以外では見たことがないけどね」

「うっ。確かにご令嬢はいないかもしれませんが、神形討伐の専門家の皆様に比べたら無力ですから」

確かに私は令嬢としては風変わりな部類だ。しかしミハエルのような神形退治の専門家が存在するのだから、あえて何か頼みごとをしてくることはないと思う。あくまで私は氷の神形が多く出現しやすい地域出身の素人《しろうと》だ。

「無力って……イーシャって、自分の能力を低く見積もりすぎてない？」

「そうですか？　ミハエルが、婚約者の欲目で見ているからそう感じるのでは？」

ミハエルは私のことを女神だ妖精だと褒めるので、婚約者という欲目で色々見ているとしか思えない。正直、女神や妖精という単語はミハエルの方こそ相応しい。……男だけど。

「もしくは……そうですね。私の目標が【ミハエル様】だったので、それと比べるとまだまだだと思ってしまうのかもしれません」

「あー、【ミハエル様】ね」

【ミハエル様】は私が十年の歳月で神格化してしまった信仰対象だ。普通でも素晴らしいミハエルをさらに極限まで理想化しているので、人間を止《や》めなければその高みには到達できない気がする。

そしてそんなミハエル様と比べれば、私など平凡でどこにでもいる女となる。

「イーシャはこんなに素敵な女性なのになぁ。もっとも周りがそれに気が付いて、ちょっかいを出してきたら、捻《ひね》りつぶすけどね。プチっと」

「悪役っぽい雰囲気のミハエルも素敵です」

私が感想を述べれば、悪役っぽい雰囲気は霧散《むさん》し、ミハエルは毒気を抜かれたような顔で笑った。

「本当にイーシャは俺のことが好きだね」

「はい。もちろんです」

美人は三日で飽きるというけれど、十年経《た》った今でも飽きない。むしろもっと好きになっている気がする。

「なら、俺は永遠に君に愛され続ける男でいられるように頑張らないとかな。では、お姫様。俺と一緒に踊ってくれますか？」

楽団が音楽を奏で始めたところで、ミハエルはそう言って私に手を差し出した。

「それとも、こう誘った方がよかったかな？　一緒に踊ってよ」

その言葉は私が幼い頃、初めてミハエルと出会った時とまったく同じものだ。あの頃のミハエルはまだ声変わりもしていなかった。差し出された手はもっと小さくて、でも私よりずっと大きかった気がする。

「大丈夫、大丈夫。適当に俺に合わせてくれればいいよ。……流石に注目はされてしまうだろうけどね」

「私踊ったことがないけれど……沢山《たくさん》練習したんですよ?」

無理だなんて言わない。

ミハエルの隣にいるために努力をしているのだ。私は差し出された手を取り、ダンスを踊るために移動する。音楽は緩やかなもので、初心者向けだ。そもそも社交ダンスは初めての相手とでも踊りやすい音楽で構成されている。

ミハエルと向き合うと、音楽に合わせて足を動かした。ミハエルが踊っているために沢山の視線が私達に注がれているのを感じる。それに気後《きおく》れしそうになるけれど、あえてミハエルだけを見つめて背筋を伸ばす。

こんなまつ毛も数えられそうなくらいの至近距離で、ミハエルの顔を真《ま》っ直《す》ぐ見る機会なんてほとんどない。そう思えば、社交ダンスはご褒美だ。人からの遠慮ない視線ぐらいどうってことない。

「イーシャは凄く上手だね」

「ありがとうございます。初めてミハエルと踊った時よりはマシになったとは思いますけど、自分では分からないんですよね」

そもそもミハエルと初めて踊った踊りは社交ダンスではなかった。ならなんだと言われると謎の踊りとしか言えない。でもとても楽しかったし、私の思い出の中で一番キラキラと輝くも

のだった。

「あの時だって、俺の動きに簡単についてきたし、イーシャはとてもリズム感がいいんだよね。耳がいいのかな？」

「どうなんでしょう。音楽にあまり触れる生活ではなかったので。ただ……なんとなく、音楽に聞き覚えがあるので、リズムは取りやすい気がします。色々な舞踏会の裏方をしていたからですかね」

記憶力はいい方なので、音楽も自然と耳に残ったのだろうと思う。音楽の流れを知っているのでリズムも取りやすい。

昔話を交えながら一曲踊り終えた私達は、続いてもう一曲踊る。わざわざ二曲踊るのは、婚約者だということを周りに知らせるためだ。一曲だけならば誰とでも踊るが、二曲連続で踊るのは婚約者か夫婦のみと暗黙の了解で決まっている。周りに知らせるには一番効率がいい方法だ。

二曲目もゆったりとした曲だった。白夜時期のパーティーは深夜までできるので、しばらくはゆったりとした音楽が続く。中盤から後半に入ると、テンポの早い音楽を奏で始め、そこからはダンスが得意な者が周りに見せる踊りをするのが一般的だ。

二曲のダンスが終わり足を止めると、女性達がミハエルの方へ寄ってきた。序盤の音楽で三曲続けて踊ることは女性の体力的にほとんどないからだろう。

「私は少し疲れたので、端で待っていますね」

「えっ。イーシャ?!」

もちろん本当に疲れたわけではないが、次期公爵がダンスを断るのはあまりよくない。私がいるとミハエルも誘われにくいだろう。

逆に私は、今日は様子見で、ぼろを出さないようにしている身だ。極力人とは関わらない方がいい。せめて関わるにしてもディアーナ達と一緒の時の方が、公爵家の立場としての振るまい方が分かるので、国王夫妻と話している彼女達が戻《もど》ってきてからその辺りは考えるべきだろう。貴族の関係図は一応頭に入れてあるが、実際のところというのは分からない部分もある。

私はミハエルをその場に残すと、給仕の方からシャンパンを受け取り、それを片手に持ったまま壁際に移動した。これを飲んで休憩《きゅうけい》していると言えばダンスを断りやすいし、下手に混ぜものを入れられた酒などを勧められる危険性も少ない。

私が壁際に移動すると、色とりどりのドレスで着飾った女性達でミハエルが見えなくなった。最初は女性が花かと思ったけれど、花はミハエルで女性はそれに群がる蝶《ちょう》だったようだ。

「ごきげんよう、カラエフ様」

のんびりと、今日の参加者達の様子を見ていると金髪を綺麗にカールさせた女性が近づいてきた。ピンク色の派手なドレスを身に纏《まと》った彼女は、猫の目を思わせる琥珀《こはく》色の瞳に少しだけキツメの顔立ちだが服に負けずとても美人だ。名前は確か——。

「ごきげんよう。メドヴェージェフ様」

彼女はアナスタシア・レヴォーヴナ・メドヴェージェフ伯爵令嬢だ。お互い顔を合わせたことはあるが、挨拶する仲なのかと言われると正直微妙だ。正確に彼女との関係を言うならば、加害者と被害者で、私は彼女のせいで死にかけた。それでも、私が彼女のメイドに頭を殴られ凍死しかけた事件はなかったことになっているので、表向きの関係はミハエルの妹を通した知人といったところか。また私があの事件を口にしない限り、彼女も私が公爵家で働いていたという事実は口にしないという約束になっているはずだ。

「カラエフ様はお一人なのね」

「はい。ミハエルは、あちらでダンスをしておりますので。……メドヴェージェフ様のお連れの方は？」

「会場までは父にエスコートしてもらってきたのだけれど、父は王太子殿下に誕生日プレゼントをお渡しするから忙しいのよ。我が領地から、光によって色が変わる神秘的な宝石が産出しましたから」

そういえばそんな話が、去年の秋に勤めたお屋敷で噂されていたことを思い出す。

メドヴェージェフ領で産出された宝石は太陽光の下では青緑に輝き、人工光の下では赤く色が変わるという、外国でも聞いたことのない不思議な石だ。この石を王太子の誕生日にプレゼントするらしいと父にも報告をしていた。王太子の方を見れば、大勢の人が宝石を見るために集まっているようだ。

王太子は光に当たり、尚且《なおか》つ周りが注目するようにその宝石がついたブローチを掲げていた。光によって色が変わる二面性が神形のようで、さらにブローチの形が球形であることから神形の卵のようだと興味を持たれそうな話術を使って宣伝している。

あの宝石が大きく経済を回すことになるのが分かっているからだろう。この国でしか産出できない宝石ならば、外交にも使える。

「メドヴェージェフ様は一緒にご挨拶はされないのですか？」

「挨拶だけはしたわ。でもこの間ミハエル様のご不興を買ってしまったから、ミハエル様と仲のよい殿下へのアピールの場に私はいない方がいいと父に言われているの」

「えっと……」

ミハエル様のご不興を買った件というのは、私が怪我《けが》を負い死にかけた件のことだと思う。しかしあれはなかったこととしたはずだ。それなのに王太子が知っているだろうか？

「……王太子が知らないはずないでしょ。先ほどの挨拶の時も目が笑っていなくて、死ぬかと思ったわ」

色々ぶっちゃけてくるな、このご令嬢と思えば、顔に出ていたらしくキッと睨《にら》みつけられた。

……ミハエルのことが好きな女性からすれば、ミハエルの婚約者は敵認定されるのも仕方がない。私だってミハエルに相応しい女性になる努力をしていても、本当にこんな貧乏人でいいのですか？　と言いたくなることもあるわけだし。

「何よ。だって貴方に取り繕っても、仕方がないもの。それと先に言っておくけれど、私はもうミハエル様のことは好きではないから」

「ええ。何故です?!　あんなに素晴らしい方、他にいらっしゃいませんよ？」

「……婚約者なのに、他の女が想いを寄せていてもいいというの？　それとも私相手なら負けないという自信があるということかしら」

「あっ……すみません」

「謝らないでよ。私がみじめになるでしょ」

思わず疑問を口にしてしまったが、アナスタシアに言われて、私は眉を下げた。私はミハエルに選ばれ、彼女は選ばれなかった。下手な慰《なぐさ》めは彼女のプライドを傷つけるだけだ。

それに貴族は家のために結婚をする義務がある。その上で結婚できない相手をいつまでも思い続けるのは辛いという考え方もあるだろう。

「私はミハエルの婚約者の立場は譲れないし、愛人も許せません。でもミハエルを愛することは、誰もが平等に与えられた権利だと思うんです」

「甘いわね」

アナスタシアはきっぱりと私の考えを切り捨てた。……恋愛的な意味合いならばそう言われてしまうのも分からなくもない。でも――。

「――そう思われるかもしれませんが、私がその権利までとられたくないと思っていた人間なので……。もちろん本人へのおさわりは厳禁です。ミハエル様への迷惑行為をするのは、断じて愛ではありません。私達使徒ができるのはミハエル様が座ったカフェで、ミハエル様が頼まれたものと同じものを飲み、ミハエル様ごっこをしたり、ミハエル様の剣術と同じ動きができるように剣術を学んでみたり、ミハエル様を悪く言う輩《やから》の情報はしっかりとブラックリストに載せて、相手の弱みを掴《つか》んでおきいざという時にお役立ちできたらいいなと妄想《もうそう》を膨《ふく》らませたり――」

「待って、本当に待って。色々おかしいから」

おっと。久々にミハエル様について語れると思ったら、つい使徒モードになっていたようだ。

「――ごほん。とにかく、ミハエル教仲間は随時大募集です。私とミハエル様について熱く語り合いませんか？」

「語り合わないし、そもそも信者じゃないから。一緒にしないでちょうだい。今日は……許してもらえないと分かっているけれど、ちゃんと謝りたくて来たのよ。なかったことになっているけれど、実際になかったことにはできないから」

そう言って、アナスタシアは頭を下げた。

家の爵位的には同位だが、今勢いのあるメドヴェージェフ伯爵家に対し、私は貧乏なカラエフ伯爵家だ。ミハエルの婚約者ではあるが、結婚をしたわけでもないので、本来なら私に頭を下げるなんてプライド的に許せないだろう。

「信じてもらえないとは思うけれど、ちょっと脅すだけのつもりだったの。貴方が身の程知らずの平民だと思ったから。でも実際にはやりすぎて……。もちろん、それは言い訳よ。だから悪いのは全て私だわ。だからごめんなさい」

堂々とした態度だったから分かりにくかったが、彼女の手は固く結ばれ小さく震えていた。なかったことととして両家で取り決めたのにあえて謝りに来たのだ。このことを知られたら逆に怒られるだろう。

貴族の世界は素直で正しければ正義というものではない。

「……私が婚約者では認められなかったのは理解できるし、貴方の気持ちも分からなくもないです。ただミハエルや公爵家にも関することなので私の一存で許すとは言えません。だから今後はミハエルのご迷惑になる行為を止めてくだされば、特に私が思うことはないと思ってくださいさい。そもそも私が先ほど言った通りミハエルを愛する権利は平等に与えられたものですから」

私が彼女のせいで死にかけたというできごとは存在しない。

そう決めたのだったら、私はミハエル教の仲間として受け入れるだけだ。

「いや。本当に、今は愛していないし、入信する気もないわよ」

「ええ。何故ですか?!　ミハエル様ですよ?!　一緒に深夜まで語り合いませんか？」

頭を上げた彼女は、手を前に出して否定した。そんな馬鹿な。折角ミハエル教仲間ができたと思ったのに。

やはり恋愛と信仰は両立できないということか。

「私は語る気はないけど、話だけなら聞くから。今度お茶会にお誘いするから屋敷に来て存分に語って――」

「いいんですか?!」

「――いえ、手加減をした状態で語っていただけるかしら」

ミハエル様について語ってもいいとアナスタシアは言いかけたが、私を見た瞬間ちょっと意見を変えた。最初からそんなに飛ばしたりするつもりはないんだけど……一応。

「それで謝罪もかねて、貴方のことでちょっと気になる噂が流れているから伝えておくわね」

「気になる噂ですか？」

もしかして私が色々な場所に出稼ぎをしていた話だろうか。ミハエルに迷惑をかけてしまうが、これればかりは真実なので、どうしようもない。

「貴方のことというより、どちらかというと貴方のご両親のことね。一つはカラエフ伯爵が、バレリーノと相思相愛だった女性を無理やり別れさせて結婚したという噂。もう一つはクリーク家の娘……つまり貴方の母親がバレリーノとカラエフ伯爵と二股をしていて、最終的にバレリーノを捨てたというものよ。どちらの噂もそんな身勝手な両親の娘だから、ミハエル様は騙《だま》されているのではないかという流れになっているわ」

とんでもない両親の悪い噂に私の顔は引きつる。奪略愛に二股……。今の両親を見て、そんな危険な過去があったとは思いにくいが、私が生まれていない頃の話。その時にやんちゃをしていないとは言いきれない。

「貴方に関しては社交デビューもしていなかったから、噂を流せるほどの情報がなかったみたいね。ただし噂は変質するから、下手をすると貴方の出自まで疑われるような不名誉なものになりかねないから対策を取った方がいいと思うわ」

対策と言われても。

正直両親の噂を否定するだけの情報も持っていないため、どうすればいいのかも分からない。

「あっ……。じゃ、じゃあ、私の方からはこの噂を広めないようにはしておくから」

「えっ。はい。よろしくお願いします」

アナスタシアはそう言い残すと、足早に立ち去った。少し顔が青ざめていた気がするけれど大丈夫だろうか。そんな風に思っていると、ひとしきりダンスを踊り終えたらしいミハエルが私の方へ近づいてきているのが見えた。

なるほど。ミハエルと顔を合わせないためか。

確かにミハエルの美しすぎる顔を近くで見るのは辛《つら》いだろう。私もこの神々《こうごう》しい顔に慣れるのにはとても時間がかかった。今でもミハエル情報の供給量が多すぎて、百メートル先から見るだけでも十分かなと思う時がある。言ったら、確実にミハエルが拗ねるので言わないけれど。

「イーシャ、置いていくなんて酷《ひど》いじゃないか」

少し疲れた様子だったミハエルは、口をへの字にして文句を言った。その拗ねた顔は、少し可愛い。

「すみません」

「もう。可愛く謝れば許されると……許すけどさ。俺がいない間に何か変なことを言われたり絡《から》まれたりしなかった？」

可愛いのはミハエルの方ですと思いつつ、先ほどのアナスタシアの言葉を思い出す。……絡まれたわけではないけれど、アナスタシアのことは伝えるべきだろうか。しかしミハエルが来る前にいなくなったということは、彼には会いたくないということ。遠くから応援する精神はよく分かる。

「いいえ。特に何もありませんでした」

それに家族の不名誉な噂に関してもミハエルに言うのは気が引けた。そもそもその噂の内容が本当なのか嘘なのかすら分からないのだ。

自分の親のことなのだからせめて嘘か本当か分かってから相談をした方が、ミハエルだって対策が取れるだろう。

「それならよかった。じゃあ、あっちで料理を少しつまんだら、また踊ろうよ。今度はもう少し複雑なステップで。イーシャならできるよね？」

「はい」

楽しそうに笑うミハエルに水を差したくはない。どうせ今考えてもどうにもならないのだ。

そのため、私は嫌な噂を一時的に頭の隅に追いやることにし、頷いたのだった。

◇◆◇◆◇◆

「……どうしようかなぁ」

王太子の誕生日会も終わり、また日常に戻ったわけだが、知ってしまった問題は消えることがない。

そもそも、父がバレリーノと相思相愛だった母を無理やり別れさせて結婚したというものと、母がバレリーノと父と二股をしていてバレリーノを捨てたという噂は似ているようで違うものだ。どちらかは確実に間違っているだろうけれど、どちらが間違っていると言えるほど私は両親のことを知らなかった。少なくとも不仲ではないように思うけれど、貴族の結婚は色々利益なども絡みあうので、なんとも言えない。

そんな状態なので、もちろん両親の馴《な》れ初《そ》めなど知るはずもなかった。

一番手っ取り早いのは、親に直接たずねてみることだろう。しかしもしもだ。そこで親の壮絶な恋愛劇を知る羽目になったら、どう反応していいのか分からない。今だって親との関係は微妙なのだ。母とは一応会話はあるが、十年前から出稼ぎに出たりして家を不在にすることが多かったので何でも話せるような関係ではない。父とはさらにぎこちなく、会話はまるで業務連絡だ。

母の友人であるイザベラ様ならば知っているかもしれないが、友人だからこそ、もしも噂が真実ならば話しにくいはず。幼い頃から可愛がってもらって、仕事の斡旋《あっせん》などでご迷惑をかけたことがあると思うと、どうにも両親が関わる類《たぐい》の迷惑はかけにくい。

「なかったことにはできないし……」

それこそアナスタシアが言うように、母が不貞をしたかもしれないという噂に発展し、自分の出自まで疑われ始めたら大問題だ。結婚式はもう目の前にまで迫っている。今更ご破算なんてことはないと思うけれど、支障は出るだろう。貧乏であろうとも【伯爵令嬢】という身分は、公爵家に嫁ぐには大切なものなのだ。

「両親に聞かずに、なんとか自力で調べることはできないかしら……。二つの噂の共通点はバレリーノよね」

バレリーノはバレエを踊る男性を指す言葉だ。

バーリン領には劇場もあるが、地方へ行けば行くほどそんなものはない。当たり前だがカラエフ領にはもちろんなかった。基本的にバレエやオペラなどの芸術は王都で盛んになっているだけだ。

王都でとりわけ有名なのはローザヴィ劇場だろう。元々王家が主導で始めた場所で、多くの貴族や裕福な商人、旅行者が足しげく通う。私も春に見に行ったばかりだ。チケットを取るのも難しい人気の劇場だが、初めて行った時は、弟のアレクセイが用意してくれた。確か――。

「――そうだ。ローザヴィ劇場の支配人と母が知り合いだと言っていたわね」

バレエの公演もしているそこならば、両親の噂の真相も知っているかもしれない。だったらアレクセイに劇場の支配人に取り次いで欲しいと手紙を送ってみよう。たとえ噂に関しては分からなくても、チケットのお礼が言える。

そうと決まればと思い便箋《びんせん》を取り出したところでドアがノックされた。返事をすれば、オリガが顔を覗《のぞ》かせる。

「お休みのところ、申し訳ございません。スザンナ先生がいらっしゃいました」

「ありがとう。すぐに行くわ」

ダンスの教師であるスザンナ先生はミハエルにもダンスの指導をしたことがある大切な方。お待たせするわけにはいかない。

「おはようございます。本日もよろしくお願いします」

ダンスホールに行くと、先生は既に準備万端だったので慌てて挨拶をして、練習を開始する。

基本ステップなどは既にマスターしているので後は反復練習にくわえて、他のダンスも覚えるようにしていた。この国ではそこまで社交ダンスにこだわりはないが、国によってはダンスが下手なせいで左遷《させん》されたなんて噂がある。最近は異国との付き合いも増えているので、万が一に備えてしっかり練習はしておくべきだろう。ダンスが下手なせいでミハエルに恥をかかせることになったら大変だ。

いつもなら姉妹も一緒に練習をしたりするが、今日はお茶会に呼ばれているため欠席だ。私はダンスの練習の後に、最終的な結婚式のドレスの衣裳《いしょう》合わせが控《ひか》えていたのでお茶会の方を欠席させてもらっていた。

しばらくもくもくと練習をした後、一度休憩となった。最近は気温が高くなってきたこともあり、消耗も激しい。私達は休憩に合わせてオリガが用意してくれた麦のジュースであるクワスを飲む。動くととても喉が渇《かわ》くため、生き返った気分だ。

「このクワスは美味しいですね」

「そうですね。たぶん果汁が混ぜられているんだと思います。今度料理長にレシピを聞いてみます」

公爵家の食べ物は基本、料理長が作る。それは王都にある別宅でも同様だった。もしかしたら製菓職人の方が作られたのかもしれないが、聞いてみれば分かるだろう。私の家で作るクワスより美味しいのは確かだ。

「それは楽しみです。それにしても今年の王都はいつもより暑い気がします」

「スザンナ先生は、元々は王都にお住まいだったのですか？」

　そういえばディアーナが王都でプリマを務めていたような話をしていた。こちらでは長く暮らしていたのだろうか。

「ええ。出身は違いますが、公爵家へ家庭教師に向かうまでは、ずっと王都暮らしでした。これでもローザヴィ劇場でプリマも務めたことがあるんですよ」

「一度でいいので舞台で踊られる先生を見てみたかったです。きっと、とても美しかったんでしょうね。もちろん今も美しいですけど」

「ありがとう」

　バレエの主役であるプリマというのはダンスが上手であるのはもちろんだが、見目も美しくなければ到底射止めることができない狭き門。その点スザンナ先生は、ダークブラウンの髪に緑の瞳が美しく、若い頃はさぞかしモテただろう風貌だ。もちろん、今だって年を経《へ》たからこその上品な美しさを持っている。しかもすらりとした体型で、背筋も真っ直ぐなため老いを感じさせない。年を取るとどうしても体型維持が難しいのに、今も現役並みなのは、自分自身で徹底的な管理をしているからだ。これだけ意識が高くなければ、プリマになんて到底なれないだろう。

「あっ。王都で長く踊られていたのでしたら、先生はローザヴィ劇場の支配人のことも知っていらっしゃいますか？　私の母と知り合いらしいのですが」

「ええ。知っているわ。彼も昔はバレリーノとして在籍していたのよ。色々と頑張っていたから怪我をして踊れなくなってしまったことは残念だけれど、その後も劇場の裏方として頑張っていたわ。今もたまに会うのよ」

「へぇ」

それは知らなかった。

支配人なのだからバレエの関係者だろうと思っていたけれど、まさか実際にバレリーノをしていたなんて。でもそれならなおさら、母と噂になっている相手の情報が掴めるかもしれない。

元々バレリーノはバレリーナよりも数が少ないのだ。

しかし会いに行くにあたって一つ問題があった。母について質問をする際、ミハエルやディアーナ、アセルと一緒だと質問しづらいのだ。迷惑をかけないためにこっそり調べようとしているのにばれてしまう。

「あ、あの。今度支配人にお礼を言いに伺おうと思っているんです。王都に来た時にチケットを優遇していただいたので。それでなんですが、もしも先生のご都合がよろしければ、一緒に舞台を見に行きませんか？」

一人でバレエを見に行くのは、たぶん許可が出ない。お礼を言いに行くことを理由にしても、絶対誰かが一緒に来る未来しか見えない。ミハエルなら『デートだ、わーい』とか言い出しそうな気がする。ミハエルは恋人らしいイベントが大好きだ。

しかし先生と一緒だと言えば、ミハエル達は遠慮するのではないだろうか。

「いいわね。イリーナは視覚から入った情報を記憶するのが得意なので、本物のダンスに触れるというのはとてもいいことでしょう。私も今のバレエ公演がどうなっているのかも興味があるわ。知り合いにも顔を見せたいわね」

すんなりとスザンナ先生が頷いてくれたため、私は内心ガッツポーズをする。

「あの。ただ、あまり大勢で押しかけてご迷惑になりたくないので、先生と私だけでも大丈夫でしょうか？」

「ええ。問題ないわ。よければ私が中を案内しましょう」

とんとん拍子で訪問が決まった私は、ダンス練習が終わるとすぐ、弟経由で手紙を送ったのだった。

◇◆◇◆◇◆

ああ、今日も素晴らしい一日だ。

俺は机の上の山積み書類を読みながらも、消えることのない幸せを噛みしめていた。毎日が色づいて見える。生きていてよかった。なんて俺は幸せ者なのだろう。

「最近、バーリン上官、上機嫌だな」

「なんでも婚約者と同居し始めたかららしいぞ」

「えっ。そうなの？　意外だな」

「意外か？　別に、バーリン上官も、人の子だったということだろ？」

外野が五月蠅《うるさ》いけれど、幸せだから許す。

なんと言っても、俺は毎日イーシャと生活しているのだ。今日も仕事場へ行く前に一緒に朝食をとり、外までお見送りをしてくれた。その上『頑張ってください』なんて言われたら、頑張ってしまうように決まっている。しかも帰ったら、『おかえりなさい。お疲れ様です』と玄関で出迎えられ、『無理はしていませんか？』と心配されるのだ。

俺は今、この国で一番幸運な男に違いない。

さらにイーシャが刺繍してくれたハンカチも追加され、毎日お守りのように持ち歩いている。これがあれば、なんだってできる気がする。

「どんな女性にもなびかなかった上官の婚約者ってどんな人物なんだ？」

「どんな美女でも、金持ちのご令嬢でも、まったく興味を示さなかったからな。あの噂はマジなのかと思うぐらいだし」

「いやいや。男でも興味示してなかっただろ。この間イーゴリが容赦《ようしゃ》ない稽古をつけられていたぞ。あれが愛情表現だとしたら、よっぽどのドSだろ」

「ん？　なら美女の反対ということか？」

「……集中力がかけているなら、庭を百周ぐらいして目を覚ましてこい」

限度を越えたひそひそ話に俺がギロリと睨めば、パンパンと副隊長が手を打ち鳴らし、廊下を指さした。どうやら俺がこの間のイーゴリのように、失言が目立った奴らの稽古を始めるかもしれないと思ったようだ。

でも世の中、言ってもいいことといけないことがあるだろ？　俺のイーシャの悪い噂を流すような奴らは、一度性根を叩《たた》きなおした方がいいと思うんだ。

「うへぇ。百周は横暴すぎますよ！」

「ならそこに追加で腹筋と背筋と腕立て伏せ——」

「「行ってきます!!」」

だったら俺が稽古をと言う前に、彼らは副隊長に脅され、逃げるように部屋から出て行った。そして残される大量の書類……まったく。武官は脳筋族ばかりで、事務処理に向いていない奴が多すぎだ。大方、事務処理に飽きてくだらないお喋《しゃべ》りをしたのだろう。だとしたらランニングはいい目覚ましになるに違いない。

俺は公爵家の嫡男《ちゃくなん》だから現場の仕事ではなく、内勤の仕事が中心の階級に上げられたのだと思っていた。しかしもしかしたら、あまりにも事務処理や資料まとめができる奴がいないせいなのかとこの頃思ったりもしている。ただ討伐した神形の情報を書くだけなのに、報告書の誤字脱字が多すぎて再提出させなければいけないってどういうことだろう。

俺だって自由気ままに訓練して、討伐していたいのに。まったくひどい話だ。

「水大烏賊《クラーケン》の資料をまとめ直しているのですか？」

副隊長は、俺の机の書類に目をやり不思議そうな顔をした。

春に突然近海に出現した水大烏賊は、一度は資料としてまとめ終わったものだ。出現したことに最初に気が付いた時刻と場所、さらに推定の大きさや重さ、倒した方法、避難誘導の問題点など様々な角度から情報を集めてある。ついでに漁師に、実際に水大烏賊が沖で出た時はどうしているかという情報も聞き取りし、一緒にまとめておいた。

そのため一つの事例に時間をかけすぎていると思われても仕方がないぐらい、しっかりまとめあげられていた。それなのにまた水大烏賊の資料を出してきているのだから、不思議に思ったのだろう。他にも仕事は沢山ある。

俺の方が階級は上となっているが、彼の方が十五歳ほど年上だ。そのため武官経験もそれだけ上乗せされる。慣例的なこの部署の仕事から考えると、資料まとめに時間をかけるのは無駄に思われてもおかしくない。

「隣国の資料でちょっと興味深いものがあったからね。ちょっとしたコネで入手したんだけど。ほら、これ」

とはいえ、彼は俺が年下だからと見下して話を聞かないタイプではない。敬語を使いつつも気さくな態度で接してくれていて、仕事もやりやすい。……まあ、彼も経験はあるけど脳筋グループなので、頭を使う系な面倒事は積極的に俺の方に回している節があるが。

　彼はどれどれと言いつつ、翻訳が既に終わった資料を覗き込んだ。

「国家機密でしょうに、よく異国の情報をもらえましたね。それで、そこでも水大烏賊が出現したのですか？　隣国と言ってもここ、海を挟んでいるからそれなりに距離ありませんか？まあ、同じ海に出現したから群れの一匹がこっちに来た可能性もありますけど」

「そうなんだ。ただし、こちらで水大烏賊が出現したのと同じか少し前の時間帯に、土の神形である【地龍《アースドラゴン》】も同時に出現したらしい。【地龍】は大きく地面を揺らしたらしくてね、津波と地震で結構被害も大きかったんだ」

　俺がこの神形の出現情報を掴んだのは、大きな地震が起き、隣国から支援を求められたためだ。大きな災害には神形がつきものなので、独自の情報網を使ってどんな神形だったか調べさせた。

「この国でも大型の土の神形が出た時に、大型の水の神形が出現するという報告は見たことがあってね。もしかしたら、神形は距離が離れていても成長や出現に影響をし合う可能性があるかもしれないと思ったんだ」

「それでこの散らかりっぷりなんですね」

「情報量が膨大すぎて、仮説は立てられても、中々どこにその資料があるのか見つけられないんだよ」

何十年どころではなく、何百年分の神形の資料だ。必要な情報を探し出すだけでも一苦労だ。

「確かに一苦労ですね。こういう時、俺の先輩が武官になれたらよかったのにとつくづく思いますよ」

「そんな優秀な知り合いがいたのか？」

俺自身、ちょっと無謀だったかもしれないと思うぐらいの資料の束だ。これをどうにかできるほど優秀な人材なら俺も知っていそうだけれど。

「優秀と言えば優秀と言うか。いや……どうなんでしょう。一つ言えるのは武官としての才能はゼロですね。剣を持たせれば自分を切りかねないし、体力もない。かといって文官としても微妙で人の機微に疎《うと》いと言うか、気が弱くて無理で」

「……それは優秀とは言わないんじゃないか？」

武官にも文官にも向かないとなれば、ここでは働けないだろう。

「でも記憶力だけは恐ろしくよくて、集中力も凄いため学校でも有名でした。一芸に秀でたタイプって言うんですかね。どこかに就職したとは人伝《ひとづて》に聞いたんですけど」

「へぇ」

剣を持てば自分を切るとか、武官には絶対向いていないと思うが、彼がそこまで言うぐらい記憶力がいいのなら、武官補佐として雇いたい。ただ彼の学校時代の先輩ともなれば、自分の父親ぐらいかもう少しだけ若いぐらいだ。おおよそ三十後半から、四十前半ぐらいの年齢だろう。

　だとすれば既に生活の基盤がもうでき上がっている年齢だ。今更武官補佐になりたいとは言わなさそうだ。武官補佐は武官ほど給料が高くない上に、雑用を多く任されるので、あまり人気がない。卒業後すぐに武官や文官になれなかった人が、次の採用までの間につく仕事みたいに今はなっている。

「神形の研究は中々進まないから、優秀な人がいるなら参加して欲しいけど」

「そもそも、討伐部に全て一任しているのが間違いですよね。もう少し細かく部署分けして、研究は研究で分けて欲しいですよ」

　討伐部は神形の討伐以外に、神形の研究も担っている。研究と言っても討伐したデータをまとめるだけで今は精一杯になっていた。

　ただしこの神形の研究の積み重ねによって、災害を減らせるように少しずつなってきた。例えば水の神形は放置すると成長し、大きな災害を呼ぶというのも研究によって分かったものだ。このことに気が付くまでに、幾度となく大災害は起こってきた。でもまだ何がどういう条件下でどう成長するのかまでは分かっていない。それぐらい神形というのは謎が多い災害なのだ。

　だから安全な生活を少しでも長く続けるためにも研究は大切だ。しかし討伐部は討伐に重きを置いているので、研究が進まない。実際討伐しなければ災害が酷くなるのだから仕方がないけれど。さらに所属している隊員が脳筋ばかりだというのも進まない原因の一つになってしまっている。頭がよくあまり戦闘を好まないタイプは衛生部に所属し、頭がよく出世欲が高いタイプは近衛部に所属しがちだ。そうすると残りは、戦うのが好きな脳筋の割合がおのずと増える。

「【神形の卵】だって、いい加減あるのかないのかはっきりさせたいけど、全然研究が進まないし。卵ないし、それに近いものを事前に見つけることができたら被害ももっと抑えられるはずなんだけどなぁ」

「どうしても動物の形が形成されて、被害が出てからこっちに連絡が来ますからね。出現するかどうか分からない場所の見回りまでする人員は流石に確保できないですし」

神形は卵から産まれるという説と、卵などなく神が突然そこに人形を置くかのように無から出現するのだという説は昔からぶつかり続けている。神形は生き物ではないので無から何かの条件下で出現しているというのも間違っているようには思えないが、神形は生き物のように成長をするという研究結果が出ているので、見つけられてないだけで卵が存在していてもおかしくはない。

「研究はどんどん進めた方が国益になると思うんだけどな」

神形という災害がもっと抑え込めれば、より国は発展するだろう。そのためには出現の回避方法、種類別の効率よい討伐方法などの研究が必要となる。

さらに神形を軍事転用することは可能なのかなども考えられていた。東にある島国では、異国から軍が来るのを水の神形が防いだという逸話《いつわ》があった。そのこと自体は偶然だったらしいが、もしもそれを狙って起こせるようになれば、かなりの脅威となるだろう。

そんなわけで神形の研究は各国が競うように行っていたりする。そして神形と上手く付き合うことが国力の向上に繋《つな》がるため、研究結果は軍事機密となっていた。

今回情報を得られたのは例外的なものだ。

「文官が口出ししてくるようになると厄介ですけど、文官並の仕事ができる人が補佐してくれると本当に助かるんですけどね。どこかにあの先輩みたいに、抜群に記憶力がよくて、この国の神形情報を全部覚えて事典代わりになってくれる人いないですかねぇ」

「……その先輩はいったい何者なのさ」

数百年分の資料を覚えて事典代わりって……人間業とは思えない。剣で戦えないのなら、代わりに護衛を付けてもおつりがきそうな能力だ。

「仕事中すみません、ミハエル上官。王太子殿下がいらっしゃいました」

またか。

俺はその言葉を聞いた瞬間、ものすごく嫌な気分に突き落とされた。イーシャとの薔薇色生活で仕事中でも気分がよかったのに台無しだ。

「俺はなんでも屋じゃないと――」

「知ってる、知ってる。俺の頼れる幼馴染だよね」

だからなんで許可する前に、毎回俺の仕事の席までやってきているのだろう。この部屋にだって賓客《ひんきゃく》をもてなすテーブルとソファーが用意されているし、俺を別室に呼ぶことだってできるのに。

そして言葉がものすごく軽い。人前の時ぐらい取り繕って欲しいが、あえて俺の前でだけは取り繕わない。ついでに、俺の婚約者の前と妹達の前でも同様だ。つまり、それだけ仲がいいと周りに見せつけているのだ。

コイツの言動が、公爵家と王家は仲がいいと周りに知らせておくためだと分かる。分かるけれど、少しぐらい取り繕え、馬鹿と言いたくなることもしばしばだ。俺だって自由にしたいのに、先にあっちが自由に行動するせいで、真面目《まじめ》ぶらなければならない。

「頼らないでください。近衛部の武官がいるでしょうが」

「ふふふふ。そんなことを言っても引き受けてくれる、ミハエルが大好きさ。俺に恩を売っておいたら。いいことがあるから、ね？」

ね？　じゃない。

とはいえ、どうせ断れないことも分かっているので、俺はため息を一つついた。

二章：出稼ぎ令嬢のバレエ

弟を通してローザヴィ劇場の支配人に送った手紙の返事は、意外に早く返ってきた。どうやらアレクセイ自身がわざわざ事前に会いに行って手紙を届けてくれたらしく、返事の手紙もアレクセイが直接持ってきてくれた。

学業も忙しいだろうし、郵便を使っていいと言っておいたのに。それでも『僕が姉上に会いたかったからです』なんて可愛《かわい》いことを言ってくれるのでついつい許してしまう。本当に、いくつになっても弟というのは可愛い。

「あーあ。私もイーラ姉様とご一緒したかったなぁ」

「すみません。チケットが私と先生用にしか頂けなかったもので。今度またご一緒できますか？」

「もちろん、それはいいけど……でも……」

「アセーリャ、子供じゃないのだから、我儘《わがまま》を言わないの」

私がスザンナ先生と伺いたいと支配人に手紙を書いたためのチケット枚数なので、アセルの分がないのはわざとだ。そのため少し心が痛い。正直私もどうするのが一番いいのか分からない。けれどできれば私の家庭の問題に巻き込みたくないし、せめて巻き込むにしても真実を知ってから相談をしたい。

なので今日はスザンナ先生と、色々こまごまとした手配をお願いするためにオリガにもついてきてもらい、合計三人で向かう。

服は、パーティーの時よりは幾分かスカートがこぶりで動きやすくはなっているが、リボンや刺繍《ししゅう》が施された青と白の華やかな服をオリガは選んだ。背中に付けられた大きめのリボンがまるで妖精の羽のようで少し恥ずかしいが、貴族として向かうため、あまり地味な服も問題になるので仕方がない。個人的にはオリガのようなシンプルで動きやすい服の方が好きだけれど、あまり我儘を言うと困らせてしまう。

「でも先生とイーラ姉様が一緒にバレエを見に行くとか、先生がイーラ姉様をバレリーナにさせようとしている気がするの。もしもそんなことになったら、お兄様との結婚がどうなってしまうか心配で……」

うるうると目を潤《うる》ませたアセルに言われて私は苦笑いした。

「前にも言いましたが、現実的に考えて無理ですよ」

つい先日もアセルに言われたけれど、スザンナ先生が指導している姿は、心配するほど熱が入っているように見えるのだろうか。無茶な指導はされていないと思うのだけど……。

「そもそもバレリーナは、バレエ学校に通って試験を突破しなければなれませんよね？　成人してから入学なんて遅すぎですから」

バレエの世界というのは厳しい世界だ。学校に通って毎年進級試験を突破した後に国家試験を受け、それに受かった後に今度は入団試験も突破しなければいけない。一つでも躓《つまず》けば道を閉ざされる狭き門なのだ。

もしも私がバレリーナになりたいのなら、バレエ学校に通うところから開始となる。しかし入学の適性年齢から大きく外れてしまっている上に、身長も足りないし、今更伸びるとも思えない。そうなると前提条件から無理なのだ。

だからアセルが心配するようなことは絶対ない。

「それは分かっているんだけど……でも……」

「今日は先生と共通の知り合いであるローザヴィ劇場の支配人に会いに行くだけですから。そのついでに観てくるだけです」

スザンナ先生がローザヴィ劇場でプリマをしていたことは姉妹も知っていたので、特におかしな点はない。そもそも嘘《うそ》はついていないのだ。

そんな話をしていると、スザンナ先生がやってきたので、二人に見送られながら私は馬車でローザヴィ劇場へと向かった。

馬車が渋滞すると困ると思い早めに出たが、車道の方が意外に空《す》いていたため、すんなりと目的地についた。

「まだ会場入りにも早いので先に会いに行きましょうか」

「はい」

本来バレエの公演は一日に一回だ。しかし白夜の間のみ、午前の部と午後の部の二回公演が行われ、今日は午前の部を見る予定だ。

馬車が止まると、スザンナ先生は勝手知ったる様子で関係者用の入口へと回る。一緒に来てくれたオリガには馬車で待機してもらい、私もその後ろを追いかけた。

あえて関係者用の入口に回るのは、先生がこの劇場でプリマを務めたことがあるためだ。真正面から入れば、騒ぎになってしまう可能性が高いらしい。実際今までにファンに囲まれて困ったことがあるそうだ。そんな有名な人にダンスを学んでいたのかと思うと、公爵家の人脈が凄《すご》すぎる。

スザンナ先生は、裏口から建物内に入るとスタスタと迷いのない足取りで歩いていく。辞めたと聞いているが、もしかしたら思ったよりも頻繁《ひんぱん》にここに来ているのかもしれない。

歩いていく途中、稽古中なのかカウントする声や足音が聞こえてきた。先生は辞めたとはいえ、正面の入口から入れない程度に有名で、関係者みたいなものだ。しかし私は違う。そのためまるで忍び込んでいるかのようで、ドキドキする。

誰かと出会ったらなんと言ったらいいだろうと頭を悩ませていたが、そんな不安は杞憂《きゆう》に終わり、誰ともすれ違うことなく支配人室と書かれた部屋へとたどり着いた。

スザンナ先生が心の準備をする間もなくノックをすると、中から返事が返ってくる。そしてガチャリとドアが開いた。

「久し振りね、ニキータ」

「お久しぶりです、スザンナ先輩」

部屋のドアを開けた支配人であるニキータさんは、スザンナ先生を見ると握手を交わした。親しい仲だとハグをした後に頬にキスをすることも多いが、まるで二人は同士というかのような雰囲気だ。

茶色の髪に緑の瞳の支配人は私の父親と同じぐらいの年齢に見えたが、片手に杖《つえ》をついている。お洒落《しゃれ》というより、どうやら足が悪いらしい。スザンナ先生が怪我《けが》をしてバレリーノを辞めたと言っていたので、その関係かもしれない。

「元気そうでよかったわ。そして紹介しなくても、見たらすぐ分かったとは思うけれど、この子がイリーナよ」

「久し振りだね。小さい頃からお母さん似だと思っていたけれど、大きくなった君はとてもそっくりだ」

懐《なつ》かしそうな眼差《まなざ》しで私を見た彼はふわりと笑ったが、私はニキータさんの記憶がまったくなかった。記憶力はいい方なので、よっぽど昔でなければ忘れないとは思うが……いつ会ったのだろう。

「そんなこと言われても、イリーナは流石《さすが》に分からないと思うわよ。ちゃんと自己紹介しなさい」

「それもそうだね。初めましてではないけれど、初めまして。私はニキータ・ニコラエヴィチ・マルコフ。君がまだ王都に住んでいた頃に、君の母君がよく君をここに連れてきていたんだ。その時は私が肩車をしたものさ」

「そうなのですか?! すみません、覚えていなくて」

「無理もないわ。最後に会ったのが三歳だったもの。でも肩車をした状態でピルエットをされてケラケラ笑う赤ん坊は有名だったから、その頃在籍していた団員は、貴方のことを覚えているでしょうね」

肩車でピルエット?!

ピルエットとはポーズをとり、その場でクルクルと回る技だ。その状態で肩車されて笑っているとか、覚えていないけれど、結構凄い状態ではないだろうか？

というか。

「あの。もしかして、スザンナ先生とも私は幼い頃に会っていたのでしょうか？」

「そうよ。あれだけクルクル回っても全然平気そうだし、むしろ楽しそうだったから、将来はプリマにしましょうと皆で可愛がっていたのよ」

それは知らなかった。

先生が私にバレエも熱心に教えてくれているのは過去にそういう話があったからだろうか。今更なることはできないが、幼い頃に目をかけてくださっていたならば、残念に思っているのかもしれない。

「イヴァンも弟が急死したせいで、志半ばで実家に戻《もど》って爵位と領地経営を受け継がなくてはならなくなったから。本当に残念だったよ」

「えっと、父のことも知っているのですか?」

イヴァンは私の父の名だ。母の知り合いとは聞いていたが、父とも知り合いだったのは初めて聞いた。

父は幼い頃から体が弱く小柄だったため、早々に後継者から外れ、弟がカラエフ領を継いでいたという話は聞いたことがある。しかし私の叔父《おじ》にあたるその人は氷龍《アイスドラゴン》の討伐の際に運悪く命を落としてしまった。その時の叔父は、まだ未婚で子がいなかったそうだ。また祖父も回復の見込みがない病気を患《わずら》っていたため、最低限の領地運営を知っている父が継ぐことになったらしい。

しかし継ぐ前の話は初めて聞く。王都に住んでいたというのも知らなかったぐらいだ。

「もちろん。イヴァンは私の同僚だったからね。ああ。同僚と言っても、彼はバレリーノではないよ。彼は踊ることに関しては劇的に才能がなかったから」

「……そうですよね」

私の父は壊滅的に運動神経がない。屋根の雪下ろしすら危なっかしすぎて任せられない状態だ。そんな父が踊るイメージが湧《わ》かない。

「ごめん、ごめん。言葉が足りなかったね。イヴァンは踊れなくてもただの雑用係じゃなかったから。そんなにがっかりしないで」

「そうね。もしも彼があのままこのバレエ団にいられたら、ここはもっと発展できたと思うぐらいの才能の持ち主だったわ」

父の情けない姿を思い出して少し落胆すると、慌《あわ》てて二人が父の弁護をし始めた。私を慰《なぐさ》めるためかと思ったが、それだけでもなさそうな様子に首をかしげる。はて。父はそんな凄い才能なんて持っていただろうか。

私があまりに不思議そうな顔をしたためか、ニキータさんはクスクスと笑った。

「イヴァンは演出家の卵だったんだよ」

「……そうなのですか？　なんだか意外です」

我が家に楽器などない。もちろんバレエを一緒に見に行ったこともなかった。

父はいつも領地の仕事をしているし、そもそも私も出稼ぎに出ていてあまり会話をしていないこともあって、まさかあの父が芸術に関する仕事をしていたなんて意外だった。今更だが、私は父の趣味も母の趣味も知らない。

幼い頃から見ている両親は必死に働いて、借金を返済して、領地のために生きていた。それだけ我が家に余裕がなかったとも言える。

どうやら目の前の二人は、私よりも私の両親のことを知っていそうだ。少なくとも王都に住んでいた、領地の仕事をしていない頃の二人の様子を知っているのは間違いない。これならば、噂《うわさ》のバレリーノについても知っている可能性が高い。

「あの。実は両親のことで――」

聞きたいことがと言おうとした瞬間だった。ノックもなくドアが勢いよく開いた。壊れるのではないかと思うぐらいの大きな音に、私は喋《しゃべ》るのを止《や》めドアの方を見る。

「来客中すまない。ニキータ緊急事態だ」

どかどかと、黒髪の男は入ってくるなり、真《ま》っ直《す》ぐニキータさんの前へ来た。かなり焦《あせ》っているようで、こちらをチラリとも見ない。

「また怪我人だ。夜の部で神形《みかたち》役を踊る予定のバレリーノがここに来る途中で怪我をしたそうだ」

「ああ。朝、遅刻していると言っていた？」

「そいつだ。遅刻どころか、踊れない状態らしい。本当に最悪だ。どうする。今から代役を立てるのは難しいぞ。今日の今日では学校からの紹介も絶望的だし、着ぐるみを着てあの動きができる奴なんて、主役級の役持ちだけだ。明日からだってどうなるか分からん。とりあえず今日のところは、演目を変えて午前のをもう一度やるか、中止するしか思い浮かばん。どうする？」

「午前と午後を観に来ている客もいるからな。同じ演目はなしだ。払い戻しをするとしても、厄介だな」

どうやら、午後に踊る人が怪我をしたらしい。

着ぐるみを着て踊ると言っているので、以前見た舞台と同じか似たようなものだろう。着ぐるみを着てキレッキレの踊りを踊っていた姿は、今でも印象に残っている。確かにあの人間をやめたような動きは誰でもできるものではない。ただでさえ着ぐるみは視界が悪く、重く、暑いのだから。

「簡単に諦《あきら》めてはいけません。ここは王が作られた劇場よ。みっともない演技を見せるぐらいなら休演した方がいいけれど、まだ今は午前。多少流れを変えてなんとかできないの？」

「神形のダンスは今回の演目の見せ場でもあるんだ。部外者――って、スザンナさん?!」

スザンナ先生の言葉に男は顔をしかめたが、その姿を真っ直ぐ見て、正体に気が付いたらしくひどく驚いていた。逆に言えば、客が誰なのかも分からないぐらいに焦っているのだろう。

舞台を観に来る人は、貴族や富豪が多い。そしてこの辺りにそっぽを向かれると、こういった芸術はいくら国の補助があっても経営難に陥《おちい》る。芸術は見る側に余裕がなければ育たないものなのだ。そのため対応は慎重にしなければいけない。

「久し振りね。それで、どうなの？」

「いや。出る場面を減らすことはできますが、なくすのは無理です。顔が見えないのに、やたら動きが大変なのでダンサーには不人気な役柄なんです。でもあの動き目当てで来ているお客もいるんですよ」

確かに、私も着ぐるみの人の動きをずっと目で追っていた記憶がある。舞台の中であの動きがあると知っていたならば、ないのは寂しい気がする。

「動きの再現ができなくても、踊りを覚えている人物はいるの？」

「ダンサーはいないですね。やれる能力があってもやりたがるもの好きは、いないですから。もちろん振りつけの指導はできますが、俺だってアレを通しで踊るのは無理ですよ」

そう言って演出家は肩をすくめた。

確かに演出家の体型は太りすぎとまではいわないが、踊るには不向きな体型をしている。年齢からみても、彼に着ぐるみを着て踊れというのは酷《こく》だ。

「バレリーノが予定していたと言っていましたが、着ぐるみのサイズは女性でも着られるのかしら？」

「大きくするのは無理ですが、小さくするのなら意地で間に合わせます。ですが流石に現役を引退したスザンナさんではあの動きは難しいかと。技術は申し分ないと思いますが、体力馬鹿が踊るのを想定して作っていましたから」

先生はどういう理由からかは知らないが、現役を退かれている。そして現役を退く理由は、怪我で踊れなくなったからというのが多い。バレエの動きは人間の動きを無視した、美を追求したものだ。体への負担は半端ない。だとすると、怪我が癒えていたとしても、体力勝負な踊りは難しいだろう。

「私がやるとは言っていません。今の私にできるのはダンスに関しての指導をするのみです。そして、ここに、丁度《ちょうど》私の自慢の教え子がいます。伝い歩きしていた頃から目を付けていた……いえ、目にかけてきたのですよ」

それってまさか……。

私がその言葉を認識しきる前に、スザンナ先生は私の背を押したのだった——えっ?!

◇◆◇◆◇◆

ローザヴィ劇場の王族優先席に座りながら、俺はため息をついた。ああ、このため息一つで、幸せがどれだけ逃げてしまっただろう。……早く帰りたい。

王子に用意してもらった席は舞台がよく見えるので悪くはないけれど、おかげで家に帰る時間が遅くなる。つまりはイーシャと一緒にいる時間が減るということだ。折角《せっかく》、真面目《まじめ》に仕事をして残業はしないようにしていたというのに。

現在俺がローザヴィ劇場にいるのは、神形研究とも武官の任務ともまったく関係がない。俺も今日初めて知ったが、王子は来年の夏に結婚を予定しているそうだ。相手は異国の姫君らしい。そしてその時ローザヴィ劇場のバレエダンサー達に王宮でバレエを踊らせたいそうだ。どうやら結婚相手の国を安心させるため、より分かりやすく財力などを示そうと派手な演出を希望しているみたいだ。

別に王子が結婚するのも、結婚式で新しい演目を国一番のダンサー達に踊らせるのもまったく構わない。構わないけれど、これは俺の仕事ではなく、文官達の仕事だろうがと声を大にして言いたい。百歩譲っても、武官の近衛部が引き受けるべきだ。絶対討伐部の俺の仕事ではない。

こういうのを頼んでくるから、俺は周りから勝手に王子の補佐だと認識されてしまっているのだ。おかげで上官すら俺が部署と関係のない仕事をしていても何も言わない。……言えよ、咎《とが》めろよと思うが、命令相手が王太子なのと俺が公爵家の嫡男《ちゃくなん》なので、できて陰口を言うだけだ。……地味に辛《つら》い。

それもこれも、いずれ公爵になれば退官することになるため、俺自身が官位を上げるつもりがないと王子を含めて周囲が分かっているからだ。だから出世街道から外れて他事をしていても皆目をつぶる。目をつぶってしまえば自分への被害は最小限だ。さらに王子自身、信頼できる相手が少ないのが、わざわざ俺ばかりを頼ってくる原因の一つである。ただしこんな風に協力できるのも、俺が公爵を継ぐまで。公爵になれば、流石に俺も王太子を一番にして動くわけにはいかない。公爵領を守る責任が俺にかかってくるためだ。それが分かるから、柄にもなく今は協力しているけれど……本当に勘弁して欲しい。早く頼れる部下を増やせと言いたい。

「あー、せめて、午前の部だったらイーシャとデートもできたのに」

タイミングが悪すぎる。色々協力しているのだから、少しぐらい気を使って欲しいものだ。

折角イーシャが王都にいるのに、仕事が忙しいために、王都案内を全然してあげられていない。そして数少ない休みは、大詰めとなった結婚式の準備に追われていた。むしろ妹達の方が俺よりべったり一緒にいて、デートのように観光もしている気がする。本当に、その場所代われ――いや、もう代わってくださいお願いしますと頭を下げるから交代して欲しい。

そんな状況なので、ローザヴィ劇場に折角行くのなら、婚約者も一緒に誘いなよと言って欲しかった。その言葉があれば、午前も行ったけれどもう一度どうだいと誘えたのに。しかし実際はそんな気づかいはなく、イーシャ自身、ダンスの教師と共に午前中に観たばかりで疲れているだろうと思うと、もう一度とは誘えなかった。

ブツブツ独り言をつぶやいているうちに時間が経《た》ち、公演が始まった。舞台は建国を題材にしたバレエで、神形退治のシーンが入っていた。もちろん主演達のダンスも美しかったが、神形を模しただろう青い角のある熊の着ぐるみのダンサーの動きが激しく、そちらに目を奪われる。

「凄いな……」

顔は見えないが周りのダンサーの身長から察するに、結構小柄なので、中の人は女性だろう。しかし跳躍力は男性並みだ。着ぐるみの重さを感じさせない。身体能力だけなら主役であるプリマも凌駕《りょうが》しているのではないだろうか。

もちろんバレエは身体能力が高ければいいというわけではなく、表現力や見た目なども重視される。だから彼女が着ぐるみを脱いだとしてもプリマになれるとは言えない。むしろあれだけ踊れるのにあえて顔の出ない役柄をやるということは、何かしらの問題を持っている可能性が高かった。……もったいない。

「女性なのに着ぐるみ姿であんなジャンプができるなんて」

正直驚いたし、次はどんな動きをしてくれるのかとわくわくした。でもつい最近もどこかで驚異的な身体能力を見た気がして首をかしげる。

舞台の上でぴょんぴょん跳ね回り、周りを小馬鹿にしているかのようなコミカルな動きに見えるよう回転する神形は初めて見るはずだ。それとも前にも見たことがあっただろうか。以前見た着ぐるみ役は男性だったと思うけれど……。

最初から最後まで一人寂しく鑑賞していたわけだが、流石王都一のバレエ団。途中不思議な既視感《きしかん》に首をかしげることになったもののそれなりに楽しめた。

さてと。今日の公演が終われば、支配人も余裕が出るはずだ。俺は公演が終わると早々に席を立ち受付の方へと移動する。王子の方から事前にローザヴィ劇場の支配人へ連絡が行っており、公演終了後に時間をとってもらうことになっていた。

「王太子殿下のご命令で、支配人に会いに来たのだけれど」

「バーリン様ですね。ようこそおいでくださいました。ご案内します」

王太子の名を出せば、やはり連絡は行っているようですんなりと関係者の通路へ通された。

関係者用の扉を受付嬢が開ければ、細い通路が現れた。二人が並んで歩ける程度の幅しかないのに、脇に荷物が積み上げられていたりして、さらに狭くなっている部分もある。掃除は行き届いているようで汚れてはいないが、窓がないせいか閉塞感《へいそくかん》があり、微妙に息苦しく感じた。

「すみません、片付いていなくて」

「それは構わないけれど、いつもこんな感じなのかい？」

「そうですね。中々しまう場所も限られて……きゃあああああああああっ！」

奥へと進もうとしている時だった。関係者用の扉が再び開いたのだ。そしてそこから中に入ってきた男達三人は、突然剣を抜いた。女性が悲鳴を上げたのはまさにその瞬間だ。

オペラ歌手もびっくりな声量に、剣を抜いた男達も動きが一瞬止まる。外まで聞こえたのではないかと思ったが、誰かが再び扉を開けることはなかった。

助けがすぐに入ることはなさそうだ。しかし動きが一時的でも止まったおかげで受付の女性の前に立ち、俺も剣を構えることができた。さてここからが問題だ。人二人が横並びで歩ける程度の狭い廊下。もちろん剣をいつも通り振り回そうものなら間違いなく壁にぶつかるだろう。

唯一いい点は、三人同時に相手をしなくても、順番に剣の相手ができる状態だというところだろうか。ただし持っている物が剣だけとは限らない。後ろの女性は走って逃げることはできるだろうか。

誰かを庇《かば》いながら戦うよりも一人で戦った方がやりやすい。

それに、狙われているのはたぶん俺だろう。後ろの女性が三人もの男から狙われるような人物とは思いにくいし、こういうことは時折ある。

「ここは俺が相手するから、逃げて武官を呼びに――」

「ったぁ!!」

後ろを見ることなく、恐怖で動けなくなっていないことを祈りながら女性に話しかけている時だった。俺の隣を何かがものすごいスピードで通り抜けた。そして次の瞬間、一番手前にいた男が悲鳴を上げながら剣を取り落とす。

何が起こったかは分からないが、この隙《すき》を逃すわけにはいかない。

俺は間合いを詰めると、剣を取り落とした男を蹴り倒した。手を押さえていた男は、そのままよろめき、真後ろにいた男と共に倒れる。

流石にもう一人は倒れる男達から離れたようだ。まあ、そうだよね。

剣を振り上げるのが見えたので、俺もそれを受け止めるために構える。重そうな剣だが、なんとかなるだろう。

しかし男が剣を振り下ろすことはなかった。俺が構えた横を再び鋭い何かが通り抜け、男の手に突き刺さったのだ。ナイフにしては、柄が細い――。

それが何かを認識する前に、男はまるで手に力が入らなくなったかのように剣を取り落とす。男の顔が痛みと驚きで歪《ゆが》んだ瞬間だった。

「おぶっ!!」

男の体に青色の神形が体当たりしたのだ。……いや違う。神形を模した、青い熊の着ぐるみだ。色もそうだが、角が生えているのですぐに神形だと見分けがつくそれは、先ほどの公演で見たものと同じだ。

色々と非現実的光景に思考が違う方向に飛びそうになるが、今真っ先にやらなければいけないのは、助けに入ってくれただろう神形について考えることではなく、安全を確保することだ。

俺は疑問を頭の片隅に追いやると、最初にもつれ合うように倒れてしまった男達の首筋に手刀を食らわせて意識を刈り取る。彼らは体勢を立てなおす間もなく、夢の国へ旅立ってくれたようだ。

そんな彼らの足元には銀でできた血に濡《ぬ》れたフォークが転がっていた。……最後に着ぐるみに押し倒された男の手に刺さったものの柄とよく似ている。

そんなことを思いながら着ぐるみの方を見れば、ふーふーと肩で息をしていた。神形の体当たりで倒された男は、意識を失っているようで白目をむいている。

しゃがんでいる状態で見上げた着ぐるみは、もこもこしている上に堂々としていて大きいように見えたが、立ち上がるとそうでもない。

頭が大きいので本当のサイズが分かりにくいが、肩のラインが低く小柄だ。少なくとも俺よりは小さい。

そしてこのフォーク投げ……非常に、知り合いの動きによく似ていた。既視感が半端ない。

「このフォーク投げ……イーシャ、だよね？」

俺の問いかけに、着ぐるみの神形は口にせずとも正解だというかのように、ビクリと肩を震わせた。……えっ。本当に？

自分で当てておいてアレだが、意味の分からない状況に内心叫んだ。

何が、どうして、こうなってる？

◇◆◇◆◇◆

ミハエルからの鋭い眼差しを受けながら、私はなんでこんなことになってしまったのだろうかと本気で思った。

「うう。どうしてここにミハエルが……」

「どうしてここにというのは、俺のセリフだと思うんだけど」

「いや、あの。もしかして、口に出ていました？」

「うん。出ていました」

わざとらしく私の言葉を復唱されて、胃が痛くなる。……まさかこんなタイミングよくミハエルが現れるなんて誰が思うだろう。

「やっぱりイーシャってことで間違いないみたいだね」

しまった。顔が出ていなかったから、上手くやれば誤魔化《ごまか》せたのか?!

しかしもうこの会話で全てがバレた。今更取り繕《つくろ》える気がしない。だらだらと暑さからではない汗が流れ落ちる。

「申し訳ないけれど、武官を呼んでもらいたいのと、ついでに彼らを縛るロープを持ってきてくれないかな？」

「あ、それなら私が――」

「イーシャは、一緒にいてね」

ミハエルが受付の女性に命令していたので私がと名乗り出てみたけれど、有無を言わせぬ笑顔で止められた。……ですよね。

「ロープなら……あった。これを使ってください。じゃあ、武官を呼びに行ってきます」

手分けした方が早い的な言葉で二人きりを回避しようとしたけれど、廊下に積まれた箱の中からロープを取り出した女性は、そのまま扉の向こうへと消えていった。ありがたいけれど手早すぎる……。

ミハエルと二人きりとかドキドキと胸を高鳴らせるような場面だろうに、不整脈でも起きそうなドキドキ加減だ。

「どうしてイーシャがバレリーナをしているか説明してくれるかな？」

まずはロープで縛ってからと言いたかったけれど、喋りながらでもできるよねと言われる未来しか見えない。

「話せば長くなるのですが……」

「うん。武官が来るまで時間がかかるし、イーシャの話なら何十時間でもお付き合いするよ」

「流石にそこまではかかりません。……そもそものできごとは、私が支配人と話している最中に、神形役の人が怪我をして代役が見つからないと演出家が部屋の中に飛び込んできたところから始まりまして――」

もちろんこの時点での私はとても他人事だった。支配人に大切な話を聞くところだったのでタイミングが悪いとは思ったけれど、バレエは激しい動きをするダンスなので怪我が付きものだ。別にあり得ない話ではない。

そんな他人事から一転し話の中心に躍《おど》り出てしまったのは、私と一緒にいたスザンナ先生が、会話に参加したところからだったと思う。

「公演を直前で取りやめることとなれば、かなりの損失があるようで、スザンナ先生が私をその代役にと推薦されたんです。……やると最終的に決めたのは私ですが」

もちろん、最初は断った。普通バレエの舞台は、はいやりますで出演できるものではない。

「えっと。実は特殊な事情があり、一時的でかつ身元の保証ができるのならば、バレエの国家資格がなくても踊れるそうでして……」

「そうだね。趣味で踊ったりするのを咎める法ではないし、異国人はもちろんこの国の国家資格なんて持っていないだろうし」

やはり私よりもミハエルの方がよくご存じのようだ。

国家資格が必要だというのは、あくまで国からの補助金がバレエダンサー達の給料となっているからだ。国の財源を使うため、無駄にならないよう人員も精査され、結果的に国家資格がその役目となっている。

「それでこれまでも団員が怪我をした時は、バレエ学校に要請を出して、卒業予定の未資格者や外国人も迎え入れていたのですが、あまりに急な怪我だったため、代役をお願いする時間もなかったようで」

「それでイリーナは引き受けたんだ」

「はい。とても困ってらっしゃったのでつい……。それに着ぐるみで踊る役なので、顔が出なければミハエルの婚約者だと気が付かれないかなと思いまして」

三人から頭を下げられた私は断り切れず、結局踊るという選択をしたのだ。客席と舞台は離れているので顔はほとんど分からないと思うが、もしもということがある。しかし着ぐるみだったら確実に誰にも分からないだろうと思ったのだ。

「完璧《かんぺき》に踊れていたけれど、前から隠れて練習していたわけじゃないんだ」

「もちろんです。本当に偶然で。演出家の方とスザンナ先生の指導の下《もと》で動きを覚えて、急いで採寸して着ぐるみのサイズ合わせという突貫工事をして、本番だったんです。出演箇所も減らしてもらったぐらいで……」

今思い出してもゾッとするようなスケジュールだった。

今更ながら、よくぞやりきったと思ってしまう。そして急遽《きゅうきょ》動きが変わったのに対処した方々は流石プロだとしか言えない。

「えっ。本当に今日の今日で踊ったの？　振りは？」

ミハエルがギョッとした表情で私を見た。どうやら私が、前々から踊る計画をしていたと勘違いしていたようだ。

「記憶力はいい方なので、一度見せてもらえばなんとか……。演技力とかは全然ですけれど。それに今日の舞台は、王による水龍《ウォータードラゴン》退治の物語なので私も話の流れを知っていたのでなんとかなったという感じです」

踊りこそ知らないが、物語はこの国の者なら誰もが知っている有名なものだったので助かった。

巨大な龍はバレリーナ達が群舞することで表現されるが、通常は絵を掲げるのみだ。そこでもっと生き生きと神形を表現するのが私の役目だった。

「……流石はイーシャだね。あー、えっと。ところでイーシャが着ている着ぐるみって、どんな神形なんだい？　熊の形はあまり見かけないけど」

「【天呉《てんご》】と呼ばれる神形です。ここより東南にある異国でよく出るそうで。たぶんミハエルのように神形に詳《くわ》しい方が見ても違和感を与えないようにあえて、この国で出現したことのない神形にしたんだと思います」

水の神形がよく出る王都だからこそ、下手に知名度のある神形を着ぐるみで表現すると偽物くささが出る。

その点【天呉】は本当に角の生えた青色の熊の形か誰にも分からないので、こういうものなんだと言いきってしまえばいいだけだ。本当にこんな武官を翻弄《ほんろう》するようなコミカルな動きをするのかは分からないけれど、言われるままに私は踊りきった。

「とりあえず、どういう経緯で踊ることになったかは分かったよ」

「それはよかったです」

「ただ、どうしてイーシャはあのタイミングでフォークをこの男達に投げたのかな？」

ううっ。

ミハエルの笑みに凄みが出た気がする。どうやらミハエルは踊っていた事実よりもこちらの方が気になるらしい。

「ぐ、偶然なんです。私もこの姿では流石に武器を持てないので」

「バレリーナが持っていないのは当たり前だよ」

「そうですよね……。いや。その。本当にやましいことは何もなくて、自分の出番が終わってから舞台袖でのんびりバレエを見せてもらっていたんです。そうしたら、たまたま荷物を運んでいた人に差し入れのフルーツを食べていいから休憩室《きゅうけいしつ》にフォークを運んでくれないかと頼まれまして」

どうやらダンサー達はプライドが高いので、そういう雑用は一切やらないらしい。しかし撤収作業で皆忙しかったため、どうせ今日一日しかいない私にお願いしてきたのだ。私は元々ダンサーとしてのプライドなど持ち合わせていないし、フルーツも食べたかったので快く引き受けた。

そしてそれを運んでいる最中のことだった。

「移動途中で女性の叫び声が聞こえて、思わずそちらに走ったんです。そうしたら剣を向けられているミハエルを目撃してしまいまして。その、気が付いた時には持っていたフォークを投げていました」

おとり捜査とか、何か理由があったかもしれない。しかしそんなことを考える間もなく、私の体は敵を排除するために動いていた。言い訳にしかならないが、ミハエルに剣を向けるなど、私にとっては神をも畏《おそ》れぬ所業なのだ。ミハエル教を信仰する者としては、万死に値する罪。

私の答えに対して、ミハエルは眉間《みけん》にしわを寄せながらため息をついた。そうですよね。もうすぐ次期公爵の嫁になる女がこんなことをしているとか、頭痛がしてきますよね。

もう罪悪感でいっぱいだ。本当に、脳筋ですみません。

「とりあえず、にわかには信じられないような話だけど……うん。イーシャならそういうこともある気がしてくるよ」

「私もミハエルとこんなタイミングで出くわすとか、信じられないというか……い、いえ。決してミハエルが私を監視しているとか思っているわけではなくてですね。ただ、前に臨時の討伐専門武官をやった時と同じでタイミングがあまりによかったもので」

男装して臨時武官をして、尚且《なおか》つたまたま素手で神形を殴り倒した直後にミハエルが現れた時も心臓が止まるかと思った。こんな偶然もうないだろうと思っていたのに、これだ。どうして今日一日だけ踊った後に、着ぐるみを着た状態で出くわしてしまうのだろう。

まさか監視されていないよねと疑いたくなる偶然だけれど、もし本当に監視されているならもっと手前で止められるはずだ。そう思えば、やはり偶然なのだろう。

「うん。確かにタイミングがいいね。運命かな?」

「……男性を縄で縛る共同作業をする運命というのもどうなんでしょうか」

私は八つ当たり気味に縄が絶対ほどけないように男を縛りあげる。これが運命だとしたら……神様に抗議をしたいところだ。でもミハエルのピンチに駆けつけられたのだから、ある意味よかったともいえる。バレることよりも、ミハエルの命の方が大事だし。

だとしたら神には感謝を捧《ささ》げるべきか。……ミハエル様ありがとうございます。おかげでミハエルを助けられました――ん？　なんだか、違和感あふれる文章だ。

「ははははは。それにしてもイーシャは縛るのも上手だね」

「実家の方で、私兵団が縄で縛るところを何度か見たことがあるので」

ど田舎《いなか》なのでほとんど事件なんて起こらず、神形退治が主な仕事だけれど、ないわけではない。鶏泥棒とか羊泥棒とか畑泥棒とかがよく縛られていた。

「まさかイーシャ……私兵団の仕事まで――」

「やっていませんから。冬の神形退治は参加していましたけど、それは住民総出なので」

はっとした顔をするミハエルに、私は慌てて否定をしておく。最近私は、なんでもできるし、なんでもやっていた疑惑を持たれることが多いが、そんなに凄い人間ではない。やれないことの方が多いごく普通の人間だ。

「とりあえず、彼らは俺が武官に引き渡しておくから、イーシャは着替えてきてくれる？　着ぐるみ姿のままだと暑いよね？　話はまたその後にしよう」

確かに着ぐるみはかなり暑い。炎天下にいるわけではないので、少しはマシだけれど、やっぱり暑い。そして暑いということは汗をかくということだ。神のごとく美しいミハエルの隣にいる汗臭い私とか死ねる。というか、既《すで》に臭い可能性も……ひぃ。

勧められた理由に思い当たり、血の気が引いた。

「……そうですね。着替えに行ってきます」

確かここには踊ったり練習したりした後に使えるシャワー室があると聞いている。少し時間がかかってしまっても借りよう。そうしよう。

私はこの場をミハエルにお願いすると、足早に更衣室へ向かう。更衣室は男女分かれていて、シャワールームが設置されている。休憩室はそこからもう少し行った場所だ。

更衣室前にたどり着くと、何故かオリガがドアの前で待機していた。

「オリガ？」

「お着替えを手伝いますので、シャワーを浴びてください」

「いや、自分で――」

「手伝います」

きっぱりと言い切るオリガの手には四角い革の鞄《かばん》が握られていた。……もしかして、化粧道具一式持ってきたのだろうか。これは断れなさそうだ。

私はオリガから石鹸《せっけん》やリンスなどを受け取ると諦めてシャワーを借りる。誰でも使える共用のものも置かれていたけれど、わざわざオリガが持ってきたということはこれを使えということなのだろう。

公爵家御用達の石鹸は泡立ちも匂いもいいお高めのものだ。ついこの間私を徹底的に磨いて以降、オリガは通常のお手入れを欠かさないのが美の秘訣《ひけつ》と言わんばかりに私の肌への気づかいが凄くなっている。もうすぐ人生において最大の目玉である結婚式が待っているからだろう。でも流石にバーリン領の温泉を運べないかと検討し始めていたオリガの意識の高さは怖い。もちろん、そんな無茶は止めてもらったが。

自分でささっと服を着こむと、私はオリガに化粧をお願いした。周りから奇異の目で見られるかと思ったが、バレリーナはそれなりに裕福な家庭出身の人も多いのでそこまで注目されることもなかった。

「そう言えば、オリガ。あのね……えっと。実はミハエルに踊っているところを見つかってしまったの」

私は化粧を施されながら、オリガにまで迷惑がかからないように、こそっと現状を伝えた。先ほどの騒ぎは既にオリガに伝わっているかもしれないが、ミハエルがここにいるということはまだ伝わっていないかもしれない。

もちろんミハエルがオリガに対して何か言うなら、全力で止めるつもりだけど、心づもりはしておいてもらわないといけない。

「なら、なおさら綺麗《きれい》に化粧をしますね」

「いや、えっ。なんで？」

やさしいオリガだから保身に走るとは思わないけれど、令嬢としての行動から外れたことをするからこういう問題が起こるのだとお小言を言われるだろうと思った。しかし予想に反して化粧を張り切りだす。

最近のオリガはただでさえ私を着飾る使命感に燃えているのに、より一層の気迫を感じた。まるで彼女の赤髪がメラメラ燃えているかのようだ。

「心配なさらなくても、ミハエル様は単純な方です。美しく着飾って、デートをしてとおねだりすれば、コロッと忘れます。元々イリーナ様に嫌われたくないが行動の中心にあるような方ですから」

「いやいやいや。ミハエルが単純って――」

まさかのミハエル対策に、私の方が慌てる。というか、オリガは今でこそ私専門みたいになっているが、元々は公爵家の使用人でミハエルにも仕えていたはず。そんなことを言っていいのだろうか。

「イリーナ様に関してだけですけど。違いましたか？」

まるで誰もが知っている当たり前の事実を伝えるような雰囲気に私は頭を抱える。

いやいやいや。そんなはずはない。ミハエルはとても頭がよくて、いつだってスマートに……スマート？　んんん？　あれ？　おかしいな。

最近のミハエルを思い返すと一生懸命私を口説こうとしていたり、子供っぽいことをしてみたり、から回ってみたりする姿ばかりが蘇る。おかしい。私のイメージの中にあるミハエル様とはかなり違う。もちろん、先ほど男を倒した時の動きは勇ましく素敵だった。縄で縛ったり武官に連絡を入れるよう指示を出すところなどは手際がいいし、いつだって大声で怒鳴ったりせずこちらを気づかう大人な対応などイメージ通りの部分も多い。

もしかして私限定で、可愛いを通り越してヘタレに……まさか、そんな。

オリガの指摘を反芻《はんすう》し、様々なミハエルを思い浮かべるうちに、身支度は終わった。化粧はそこまで濃くないけれど、三割増しで美人になっている気がする。流石はオリガだ。

私はオリガに礼を言うと、休憩室へと向かう。スザンナ先生も待ちくたびれていそうだ。

「あっ。えっと、貴方、神形役の人ですよね？」

「はい。そうですけど」

休憩室に向かい廊下を歩いていると、茶髪の女性が声をかけてきた。服装的に、バレリーナではなく裏方の仕事をしている人のようだ。私が肯定するとほっとした顔をする。

「よかった。支配人室の方に行ってもらってもいいですか？　スザンナさんもそちらにいらっしゃいますから」

「分かりました。ありがとうございます」

身支度に少し時間をかけてしまったため、伝言を預かって私を探してくれていたようだ。

「えっ？　ええ。どうも」

私の顔を知らなかったと思うので、大変だっただろう。お礼を言うと、びっくりといった顔をされた。何か変なことを言っただろうか？

分からないが、きっとミハエルもそこで待っているだろうと思い、身支度に予定より時間をかけてしまったこともあって足早に支配人室へと向かう。

ドアをノックして開ければ、思った通り支配人室には、支配人であるニキータさんとスザンナ先生以外に、ミハエルもいた。先ほど襲われたことも考えれば当然だ。

「イーシャ、疲れたよね。ほら、こっちに座って」

ミハエルも来客者であるはずなのに、立ち上がると私をソファーまでエスコートする。そして私がソファーに腰を下ろすと、当然とばかりに私の隣にミハエルは座った。

「その白と青のドレスも素敵だね。清楚《せいそ》感もあるし、背中のリボンがイーシャの可愛らしさを引き立ててくれる。それに今日はこの間プレゼントした薔薇《ばら》のペンダントを付けてくれているんだね。使ってくれて嬉《うれ》しいな」

「えっと、ありがとうございます」

もっと他に話さなければいけないことがあるはずなのに、ミハエルはこらえられないというように私を褒《ほ》めてきた。そしてものすごくいい笑顔をしている。後ろは見えないけれど、オリガが内心ガッツポーズしていそうだ。服もアクセサリーも、彼女が選んだものである。流石はオリガ。ミハエルの好みを熟知している。

でも私の服装一つで機嫌がよくなるなんて……まさか本当にミハエルは単純？

「それではイリーナも来たことですし話し合いを始めましょうか」

ミハエルに限ってそんな馬鹿なと悶々《もんもん》としていると、スザンナ先生が話し合いを始めてくれた。正直、ありがたい。

「先ほどもミハエル様には説明しましたが、今日の舞台で神形役が急遽怪我をして降板してしまったため、イリーナ様には無理を言ってこちらから代役をお願いしました。私どもはイリーナ様の寛大なご配慮にとても感謝しておりますが、もしもそのことで次期公爵にご不快な思いをさせてしまったのでしたら、この場を借りて謝罪させていただきます」

「イリーナを代役として薦めたのは私ですので、私も同罪です。昔私が踊った劇場ということもあり、休演になってしまうのは避けたいという思いがありました。しかしそれだけではなくイリーナを指導するにつれて、彼女の踊りを多くの方に見せたいと欲が出てしまったのも事実です。次期公爵夫人であると分かっていながら、このような無粋なお願いごとを聞いていただきイリーナには感謝しかございません。もしもそのことで公爵家がお怒りでしたなら、如何様《いかよう》にでも罰を受けたいと思います」

大事《おおごと》になっている!!

男装して臨時討伐武官をやった時もそうだが、私が自由に動くと思いがけず私以外の人達にも迷惑がかかってしまうようだ。思わぬ展開に、血の気が引く。

公爵家の立場というのは、なんて難しいのだろう。

「あ、あの。すみません。断らなかった私が悪いんです。最初はできるかどうか不安でしたけれど、動きを見たらそれほど複雑ではなかったのと、着ぐるみで顔が見えないので誰かにバレる心配もないと思って……。勝手なことをしてしまって、ごめんなさい」

まさか着ぐるみ姿でミハエルに気が付かれるなんて思ってもみなかった。そう考えると、私の見通しが甘かったということだ。ミハエルほどの洞察力があれば、顔が見えないなど些細《ささい》な問題なのだろう。

「……安心してください。驚きましたが、特に怒っているということはありませんので。それに私自身、幼い頃にバレエを習い、領地の祭りでしたが舞台で踊ったこともある身です。イーシャが無理強《じ》いされたわけではなく、やってみたいと思ったのならば咎める必要がありません。国王はバレエを発展させようと力を入れています。公爵夫人が踊ったとしても、その踊りが素晴らしいのであれば、国王すら笑顔にさせるでしょう」

ミハエルは安心させるかのようにニコリと私に笑いかけた。……言われてみるとミハエルも過去には踊ったりしている。もちろんそれは子供の頃なので、成人している私と比べるのはおかしいのかもしれないけれど。

でも、どうやらバレリーナとして踊ったことに関しては特に問題がないようだ。この国の最高権力者すら許すという表現を使うなら、公爵家が許さないということはないだろう。あえて例として国王を挙げたのは、この劇場が元々は王族主導で始まったからなのかもしれない。

「ただし、着ぐるみのまま争いに参加するのは別だよ。相手は剣を持っていたんだ。それなのに動きが鈍《にぶ》る着ぐるみで立ち向かうのは無謀だ。怪我をしなかったからよかったものの」

「剣を持った相手?!」

なんのことだとばかりに、ニキータさんとスザンナ先生が顔を青ざめさせ私の方を見てくる。

言われてみると、確かに無謀だ。相手の技量も分からないままに、動きの制限される状況で武器も持たずに立ち向かったのだから。しかしそれはミハエルが襲われていると思ったからだ。

「えっと。ミハエルが剣を向けられていたもので、とっさにフォークを投げてしまったというか。いや、でも、ほら。ちゃんとフォークで腱《けん》を狙って傷をつけたので、しばらくは剣を握れないと思うんです。指屈筋腱《しくっきんけん》を傷つけると上手く動かなくなるじゃないですか……」

「えっ。フォークで狙ったの？　剣を持った相手に？」

「着ぐるみのままで？」

何故だろう。言い訳をする度《たび》に、ニキータさんとスザンナ先生がおかしな者を見るような目に変わっている気がする。いやでも。結婚後も一番近くでミハエルを守るならこれぐらいできて当然だと思うのだ。それに実際に役立ったわけだし。上手くいったなら、よかったねで終わってもいいんじゃないだろうか。

「えっと……狙いました。着ぐるみを着て」

「初歩的な部分を聞くけれど、狙えるものなのかい？　その、着ぐるみだと手の動きも制限されるだろう？」

「気合でなんとか。無我夢中だったので」

ニキータさんがものすごく困惑した顔でたずねてくるが、私もできてしまったのでできたとしか言えない。

確かに着ぐるみの手だと細かな制御が難しくなる。手袋より、さらに分厚いもので遮《さえぎ》られているのだから。でもあの時はやるしかないと思ったのだ。そして人間死ぬ気になればできるものらしい。

「イーシャは、いつでも俺を守れるように腕を磨いているんです。もちろん俺もイーシャを守りますけど」

「ミハエルを傷つける者は何人たりとも許しません」

「まあ君達がそう言うなら……うーん」

ミハエルに剣を向けるとか、言語道断。むしろ時間が許すならば、二度とそんなことがないように、肉体言語を駆使した馬鹿でも分かる教育的指導をしたかった。そして『ミハエル様は世界の宝、剣を向けてごめんなさい』と何度も復唱させ、忠誠を誓わせるべきではないだろうか。いや、今からでも遅くない。二度とこのようなことをしないようにしなければ。

「ミハエル様、襲った方々はどこの誰なのでしょう。誰かに雇われた方ですか？　それともミハエル様に個人的な恨みが?!　まさか、ミハエル様の美貌に心奪われ自分の物にならないならばいっそのことと――」

「イーシャ、戻っておいで。また使徒モードが発動しているよ。とりあえず、彼らの顔は見覚えがなかったから、個人的な恨みなのか、誰かに雇われた存在なのかも今は分からないかな。その辺りは、今頃武官の方で理由を聞いているよ。もしかしたら俺ではなく、この劇場にいる誰かを狙ってという可能性だってないわけではないからね」

　確かに。たまたま剣を持って入ってきたところに出くわした可能性もないわけではない。ただ現在のミハエルの服装は軍服だ。ミハエルが目的でないならば、時間が決められた計画的なものでない限り、その姿を見た瞬間にタイミングをずらすだろう。他の場所からの襲撃などがないということは、やはりミハエルが目的であった可能性が高い。

「なるほど。それならばこの場で、これ以上賊の件を話し合っても意味がなさそうですね。では本題に入りたいと思いますが、ミハエル様はどういったご要件だったでしょう?」

　ニキータさんが話を切り出すと、ミハエルは少しだけたたずまいを直した。

「実はこの度、王太子殿下のご結婚が決まりました。殿下は是非このローザヴィ劇場のバレエダンサーに王宮で踊って欲しいそうです。その際、殿下は結婚式用の新しい演目を所望しております。予定としましては来年の夏なのですが、いかがでしょうか」

　王太子の年齢はミハエルと同じだ。ミハエルが結婚をするのだから、王太子だっていつ結婚してもおかしくはない。ただし世間的にはいまだに王太子の婚約者すら発表されていなかったし、私も初耳だ。

「それはおめでとうございます。ここ、ローザヴィ劇場は王が作られた劇場。王太子殿下のご結婚の際に、はせ参じるのは当たり前でございます。ただし少しばかり問題がありまして……」

「問題ですか？」

「はい。最近、怪我による降板が続いているのです。今日は神形役の者が怪我をしてしまったのですが、これより前も何人かが降板しています。頻度《ひんど》が高いため、今は降板したダンサーの穴埋めとして臨時で異国人に入ってもらっている状態で、王太子殿下の結婚式の時に正規のダンサーのみで踊れるかが分かりません」

「……異国人ですか。正規採用の者ではなくても、せめて自国のバレエダンサーで構成することはできませんか？」

ミハエルは少し難しい顔で考えた後、さらに質問をした。それに対して、ニキータさんは首を横に振った。

「ご存じだと思いますが、バレエダンサーは国で定められた学校を卒業した後、国家試験を受け、その後さらにバレエ団の試験まで受けなければいけません。とても狭い門であるが故に、怪我をした時に次の踊り手が中々見つけられないのです。バレエ団の試験に落ちた者は、バレエへの道を諦めてしまう者が多いので、たとえ裏方として残っても練習量が圧倒的に足りないし、そもそも試験に受かっていないので能力の方も高くはない。イリーナ様のようなケースは本当に稀《まれ》なんです。普通なら休演、もしくは一時的に内容を一部変更して公演した上で、バレエ学校に連絡をとり、早急に踊れる者を斡旋《あっせん》してもらいます」

「つまり異国人はバレエ学校が斡旋しているということでしょうか？」

「はい。バレエ学校の講師は異国の者も多いので。そもそもバレエは異国の地で始まった踊りです。多少ならば卒業生で余裕がある者、または卒業見込みの在学生の斡旋も受けられましたが、こう頻度が多くては無理です。今のところプリマなど主役級の人間はこの国の者で補えていますが……。ああ、神形役は駄目でしたけれど」

　異国人だからと言ってこの国で大っぴらな差別があるわけではない。そもそもバレエを踊るだけならば、異国人でも問題はないはずだ。しかし今回の問題は、踊る場所がローザヴィ劇場ではなく、王宮であることだろう。いくら警備がしっかりとしているとはいえ、王の住まう王宮に異国人を招き入れるのは色々問題も多い。またこの国の王太子を祝う踊りなのに、異国人ばかりで構成されたら威厳にも関わってくるだろう。

「……はめられた」

　私の隣で、ミハエルが呪詛《じゅそ》を吐くかのような低い声でつぶやいた。いつものにこやかな笑みは消え、目も据わっている。

「はめられた?」

「どうりで、文官に頼まないわけだよ。うーわ、やられた。どこが簡単なお使いだよ。ものすごく厄介じゃないか」

「み、ミハエル?」

ミハエルは先ほどまで貴族然とした態度を崩さなかったのに、突然仮面が剥《は》がれ落ち、髪をかきむしった。私としては、何が起こったか分からず、そわそわしてしまう。貴族っぽいミハエルも子供っぽいミハエルも甲乙つけがたいぐらい好きだけど。

「昔俺がバーリン領の雪祭りでバレエをとり入れた舞を踊ったのは知っているよね?」

「はい。もちろん」

「その踊りを教わったのが、ここなんだ。スザンナ先生の紹介でね。だから支配人であるニキータさんとも顔見知りというか、彼から教わったようなものなんだ」

ニキータさんが現役を退いたタイミングは分からないが、ミハエルが十一歳の頃は現役だったらしい。

「王太子殿下も知っているから、俺に頼んだのだと思ったんだよ。それで一応王太子殿下のお使いだからちゃんとした態度をとっていただけさ。いつもはこんな感じで、彼とは喋っている」

「はぁ」

ミハエルらしいと言えば、ミハエルらしいけれど。それと口調が崩れた理由が分からない。

「でもこんな風にはめられたなら、もう真面目に使者なんかやってられるかと思ったんだよ。絶対アイツは、この劇場内の異国人が増えているのを知っていたはずだ」

「私は貴族っぽいミハエル坊ちゃんも新鮮だったけね。子供の成長は早いねぇ」

ミハエルと会話する支配人の口調も軽い。どうやら、知り合いというのは本当らしい。

「この年齢で流石に坊ちゃんは止めてくれ。ニキータさんとはこういう仲だから、王子も仲介しろと言ってきたと思ったんだけど、どうやら本当の目的は、異国人が異様に多く起用されるような状態になっている理由の調査と、解決だったみたいだ。解決しないと、結婚式で完璧な踊りを披露できないからね」

ため息をつくミハエルは哀愁が漂っていた。

なるほど、ただ頼むだけなら簡単なお使いだっただろうが、どうやらそれだけではなかったことが判明し、怒っていたらしい。しかも何もミハエルに伝えずに騙《だま》し討ちのような対応だったのが余計腹立たしいのだろう。ミハエルがこんな様子になるのは珍しい。

「『ミハエル様の哀愁珍しい、素敵！』なんて言ったら、いくら俺でも泣くからね。ちなみに、涙を瓶《びん》に入れて保管させてくださいというのも駄目《だめ》だから」

「……言いませんよ」

ちょっと涙は欲しいなと思ったけれど、いくらなんでもミハエルを悲しませてまでするものではない。うん。それぐらいの理性は残っている。

「あんなにやんちゃだった君も、イリーナと王太子殿下には翻弄されるんだね。子供の成長は面白いなぁ」

「からかわないでください。とりあえず実際に内部事情を知るには、団員に扮《ふん》する方が手っ取り早いので、俺をバレリーノとして練習に紛《まぎ》れ込ませてもらえませんか？」

「えっ。ミハエルが踊るんですか?!」

見たい。ものすごく見たい!!

ミハエル様がバレエを踊る姿を見るのは、十年ぶりだ。初めて踊っているミハエル様を見た時は、この世のものとは思えぬ美しさだった。次期公爵な上に武官になられたので、二度と見られないかと思ったが、まさかこんな幸運が目の前に転がってくるなんて。

「おーい、イーシャ、戻っておいで」

トントンと肩を叩《たた》かれた瞬間、私は手をあげて立ち上がった。

「はい！　私もその潜入やります。そうすればミハエル様のバレエ姿を間近で見れ――いえ。女性相手から情報を得ようとすれば、男性のミハエルでは難しいこともあると思います。その点、私なら警戒されないかと。それに着ぐるみ役を継続すれば、世間には私が踊っていることはバレませんし。もちろん着ぐるみ役の人の怪我が治り復帰する時には、ちゃんと降板します。私は国家資格がない臨時の代役ですから」

「イーシャ、上手く誤魔化しているつもりかもしれないけれど、最初に口に出してしまっている時点で目的は分かっているからね。出さなくても丸分かりだけど……イーシャはぶれないね」

呆《あき》れ口調で言われて、私はへらりと笑い目をそらす。

思わず本心が口から出てしまったので、ミハエル的には複雑だろう。調査は遊びではなく、仕事なのだ。

「えっと。ミハエルを手助けしたいという気持ちも嘘ではありません」

あまりにも素晴らしすぎるご褒美に、とっさに理性が利《き》かなくなったのは認める。でもミハエルの助けになりたいという気持ちに嘘はない。なので、その役目をもらえたら、手抜きなどせずしっかりお仕事をするつもりだ。

「……申し訳ないけれど、俺と、イーシャを団員に紛れ込ませてもらえないですか？　そうでないとイーシャは毎日劇場に通って、何か違う犯罪に巻き込まれそうな気がするので。それにどうしてもバレエは女性が多いのでイーシャが言ったことも一理ありますし」

そこまで心配しなくてもいいのに。たとえ一緒に仕事ができず、見に行くだけになったとしても、犯罪には巻き込まれないように、変装したりして気を付ける。ただしミハエルが出る公演は必ず見に行くだろう。座席も色んな席から見てみたい。ついでにファンの子達と出待ちもするし、花束も贈る。それからミハエルのよさをバレエ好きなマダムに広めるぐらいはするかもしれない。……おや？　潜入しなくても、これはこれで楽しそうだ。

もしも人気が出たら、記念絵姿とか販売されるのではないだろうか。

「神形役をできる人材は少ないから、イリーナが続投してくれるなら、こちらとしても助かるよ」

ミハエル教の新たな布教活動を妄想《もうそう》していたが、結局私も潜入するということで落ち着いてしまった。近くでミハエルのバレエ姿を見られるのは嬉しいけれど、なんだかもったいないことをした気もする。

交渉が成立したことでミハエルは支配人と細かい部分を詰め始めた。それをぼんやり聞いていると、ミハエルがふと私の方に顔を向けた。

「一緒の潜入調査は楽しみだけど、くれぐれも危険行為は行ってはいけないよ。今日のことだって、俺は怒ってもいるんだからね。もしも自分の身を顧《かえり》みない危険行為が目立つなら、屋敷にしばらく監禁するから。その時はもちろん、俺の公演を見に来るのも駄目」

「えっ。そんな……」

仕事が手伝えないだけではなく、バレエ姿をこの目に焼き付けることができないだなんて。あまりに不条理だ。

「自分の手には負えないと思ったら俺に助けを求めてくれればいいだけだよ」

反論しようとしたが、有無を言わせぬ笑みに私は頷《うなず》く。……仕方がない。ミハエルの足だけは引っ張らないように頑張ろう。

バレリーナとは優雅に踊っているように見えても、かなりの体力と柔軟性を必要とする厳しい職業だ。そして体重が軽くなければ、リフトが上手くいかないので徹底的な食事管理も必要となる。

つまり白鳥が優雅に水辺に浮いているように見せかけ、その実水中では足をバタバタ動かしているという話と同じで、バレリーナが美しいのは、裏側でそれだけの努力をしているからなのだ。

そんなバレエダンサー達は、早朝から基礎練習を開始する。もちろんその前にしっかりとした柔軟運動をし、怪我《けが》をしないようにしてからだ。基礎練習は、プリマだろうとなんだろうと、全員が行う。どんな時でも基本の動きを忘れてはいけない。その積み重ねが、バレエの美しさを作り出すのよ——とスザンナ先生は言っていた。

私が筋トレを欠かさないのと同じことだろう。

その後白夜時期は二度の公演を行うので、午前の舞台がある人は舞台でのリハーサルを、午前に出演しない人は、別の公演内容のリハーサルをする。基本は次の公演、さらに次の公演も同時に練習をするそうだ。

バレリーナの一日を私も体験してみたけれど、正直この二回公演が余計に人手不足を起こしているように思う。白夜時期がすぎると、再び一日一公演に戻《もど》すそうなので、そこをすぎれば少しは落ち着く気がする。しかし王太子の結婚式は来年の夏。つまりは白夜時期なので、どちらにしても外国人問題はなんとかしなければいけない。

私とミハエルは、別のバレエ団から貸し出されたダンサーという設定だ。周りには現在の公演の間だけ在籍するという説明になっている。そして私達はスザンナ先生に直接教鞭《きょうべん》をとってもらった教え子で、彼女の働きかけで力を貸してもらっているのだと団員には説明し、反論ができないようにしたらしい。本来はオーディション形式で配役が決まるので、面白くないと思う人もいるだろう。

ただし今は人手不足な上に、この公演が終わればローザヴィ劇場から去ることが初めから決まっているので、飛び入りで役をもらったことに対しての苦情は出てない。また最近怪我による降板が続き、臨時で舞台に立つ人が増え、その光景が当たり前になっているのも苦情が出ない理由になっていそうだ。

ミハエルは潜入する前に、スザンナ先生に散々しごかれたらしく、しばらくの間はボロッとしていた。男性は女性よりも体が硬いので、彼女のバレエ指導は結構エグかったらしい。子供の頃のようにはいかないようだ。

しかしそのかいあって、基礎練習などに参加しても不審がられることはなかった。短期間でプロ並みになれるミハエルは流石《さすが》としか言えない。

「イリーナ、お疲れ」

午後の舞台のリハーサルが終わると、同じように急遽《きゅうきょ》降板したバレリーナの代わりに踊っているカトリーヌに声をかけられた。彼女は異国出身だが、片親がこの国の人間だったため、言語になまりもなく聞き取りやすい。また社交的な性格であることもあり、同じように臨時で来ているダンサーを気にかけ、コミュニケーションを積極的にとっているようだ。

少し滞在しただけだけれど、臨時のダンサーと正規のダンサーの間には見えない壁があるようだった。正規の人は臨時の人を下に見がちだし、逆に臨時の人は一時的な仕事だと割り切って関係改善をはかろうとはしない。そもそも、異国人は第一言語が違うので細かい意思疎通《そつう》になると難しいらしく、結果的に真っ二つに割れていた。ギスギスということはないけれど、微妙な空気だ。

「この後、どうするの？　あの子達と一緒にちょっとそこのバーまでクワスを飲みに出かけるけど、一緒にどう？」

カトリーヌが指さした先には、臨時のダンサー達がいた。どうやら正規のダンサーはいないようだ。

ダンサーは仲間でありライバルだ。次の舞台では主役の座を、もしくはそれ以外でもいい役柄を皆が狙っている。そのため単純に仲よしこよしとはいかない。臨時の人は所詮《しょせん》抜けた穴を埋めるのが役割なので、躍起《やっき》になっているわけではなかった。この辺りの心構えの違いも不協和音を生み出しているのかもしれない。

「誘ってくださってありがとうございます。ですが、今日は針仕事を一緒にしてみたいので、やめておきますね。それに、あまりお酒は強くないので、昼間から飲むのはちょっと……」

「飲まないわよ、流石に。この国の人間じゃないんだし。クワスはお酒のうちに入らないでしょうが。それにしてもイリーナは本当に真面目《まじめ》ねぇ。この間も、掃除の手伝いとか大道具づくりの手伝いとかしていなかった？」

「裏方部分も見せてもらう約束で、臨時の仕事を引き受けたので。それに私はこの一公演しかいないので、少しでも色々見て技を盗んでおきたいんです」

ここで臨時のダンサーと仲よくなっておくと、よりいい情報を得られるかもしれない。でもまだ何も分かっていない状況下で、外で彼らと会うのは控《ひか》えた方がいいと判断した。ミハエルから危険行為を控えるように言われている身としては、安全を確認してから彼らには踏み込んだ方がいいだろう。

なので、私はまずは裏方の人と仲よくなろうと動いていた。

どうやら裏方は怪我などがないためあまり顔ぶれが変わることもないし、異国人が入ってくることもないそうだ。そして裏方だからこそ、第三者の目線でこの劇場のことを見ることができる。

「仕方ないわね。今度は、ちゃんと付き合ってよね」

「分かりました。楽しんできてください」

私はニコリと笑って見送った。今はまだ臨時のダンサーと仲よくする時ではないが、仲が悪くなるのも困る。生真面目《きまじめ》なだけなのだという印象を強くして、できる限り悪印象を減らせるように気を付けていた。

カトリーヌ達の見送りを終えた私は、ぴったりとした体の線が見える練習服から、ワンピースに着替え、髪もシニヨンからいつもの三つ編にもどす。そして早速お針子が働いている場所に移動した。

「こんにちは。今日は繕《つくろ》い物のお手伝いをさせてください」

作業部屋に私が入ると、中にいたお針子達がギョッとした顔をした。掃除の手伝いを申し出た時と同じなので、たぶん私に対して負な感情があったり、見られたくないものがあったりするからというわけではないと思う。どうやら、ダンサーが裏方に手伝いを申し出るのは、空から槍《やり》が降ってきてもあり得ないと思うようなことらしい。

裏方の仕事には、怪我などで踊れなくなった人や才能が足りずバレエダンサーになれなかった人がつくことが多い。そのため、その仕事をするのをダンサーは屈辱的に感じて嫌がるのだと、以前掃除をした時に教えてもらった。もちろん手伝わないのは、裏方の仕事を取らないいためでもあるのだろうけど……。

　壁があるのは臨時と正規のダンサー同士だけでなく、裏方とダンサーでもあるようだ。しかしこれは最近という話ではなく、前々からそうだったらしい。

「えっ。でも」

「私、この後は休憩《きゅうけい》なので暇《ひま》なんです。折角《せっかく》王都で一番有名なローザヴィ劇場の舞台に立てるのだから、衣裳《いしょう》や大道具、照明、色々見ておきたいんです。支配人からも許可をもらっていますから、お願いします」

「えっ。こっちが手伝ってもらうのに、頭なんて下げないでよ」

　私が頭を下げると、お針子達の方が慌《あわ》てた。

　私の行為はここでは異質だが、違うバレエ団からの派遣であることもあって、誤魔化《ごまか》しも利《き》く。

「あー……、その、ありがとう。正直に言うと助かるわ。二公演回す時期は、本当に仕事が増えるから。次の公演の準備も同時にやらなければいけないし」

　私は針と糸を借りると、舞台衣裳のほつれた場所を修復する。動きが激しいので、衣裳の傷みも結構早い。かといって、一から何度も作ってはいられないので、補修できるものは補修をする。

　王都一番のバレエ団とはいえども、ほいほい新しい衣裳を用意できるわけではない。

「イリーナって本当に器用よね。前はどこで踊っていたんだっけ?」

「バーリン領にある劇場です」

「バーリン領かぁ。王都から近い方だけど、ちょっと遠いなぁ。休みの日とかにイリーナの舞台を見に行きたかったけれど」

「私はまだまだなので……。でもいつかローザヴィ劇場と同じぐらい素晴らしいものにしていきたいと思っています」

狭い業界なので、王都の劇場名を言えば、私とミハエルが踊っていないことがバレる可能性が高い。そのため誤魔化しが利く、バーリン領の劇場ということで話を合わせてある。もしも誰かが劇場に問い合わせても、自分のところのダンサーだと答えてもらえるようにミハエルが手配していた。流石は、バーリン領の次期公爵だ。

「イリーナの向上心は凄《すご》いわよね。化粧係を付けているし、貴族の出なんだろうなと思っていたけれど、まさか初日から突然掃除を始めるとは思わなかったわ。皆びっくりよ。しかも手慣れているし。貴族なら普通掃除なんてしないんじゃない?」

普通はその通りだが、貧乏な伯爵家は違うのだ。かといって、貧乏な伯爵家が化粧係を付けていたら変なので、それは内緒だ。

「私が勤めていた劇場では新人は掃除をするんです。掃除の仕方は先輩方に教わりました。私達が不都合なく踊れるのは裏方の仕事をしてくれる人あってのことだというのを忘れないようにと言われています。それに劇場の掃除をすれば、舞台配置や色んなものを知れるじゃないですか。お客様にはどう見えているのか知るのも大切だと思っています。折角ローザヴィ劇場にいるのに、何もしないなんてもったいない」

今一緒に繕い物をしている、少しそばかすがある茶髪の女性——クラーラは、私が神形《みかたち》役をやった後に支配人室に行くように伝えてくれた人だ。彼女は衣裳係を中心とした仕事をしていて、ローザヴィ劇場では十年ぐらい働いているらしい。私が裏方の仕事をやりたがるので、先輩風を吹かせて色々人間関係なども話してくれた。

「バーリン領は凄いわね。あーあ。イリーナがここの劇場ダンサーだったらいいのに。別にバレリーナ達に裏方の仕事をやれとは言わないわよ。これは私達の仕事だもの。こっちだってプライドを持ってやっているわ。でも自分が食べたものくらい、ちょっとは片付けろって思うのよ。何様のつもりなの？」

「うーん。それは、その通りですね」

チクチクチク。

服の補修をしながら、彼女の愚痴《ぐち》にも付き合う。……先輩風を吹かせているのではなく、愚痴を言う相手を求めて、なんのしがらみもなくすぐに立ち去る私をターゲットにしているのではないかと思わなくもない話題も出る。それでも貴重な情報もくれそうなので大人《おとな》しく付き合う。どうやら彼女が今一番腹を立てているのは、今期のプリマとその仲間らしい。

「彼女の踊りが、周りよりも抜きんでているのは分かるわ」

「確かに凄く美しい踊りですよね。見目も美しいし」

プリマであるゾーヤは茶色もまじった金色の髪の女性だ。そんな彼女の瞳は、今まで見たことのない菫《すみれ》色をしていて、神秘的で美しい。元から小顔だが、シニヨンという髪型によりさらに頭が小さく見える。さらに体型維持も完璧《かんぺき》で、踊りは指の先まで神経がいきわたったものだった。まさに美の女神と言っていい。

彼女の踊りを間近で見た時、ほうと思わず感嘆のため息をついてしまったほどだ。

この世でミハエルが一番美しいと思っていたけれど、いや、今でも思っているけれど、彼女もまた美しい。そして彼女の気の強さもまた、美点のように見せていた。でもそれは、彼女がこれまで努力し、様々な節制を重ねた結果に基づく自信からくるものだろう。ミハエルの美が天然ものならば、彼女の美はさらにそこから研磨されたものという感じだ。

「でも性格は、どうしても私は好きになれないのよ。分かっているわ。彼女を見るためだけに来るお客もいて、彼女がいるからこそ私達のお給料も出ているって。だけど開演直前に自分で衣裳を破ったにも関わらず、突然持ってきてさっさと直せとか言ってきたり……くう。思い出すと腹が立つ」

クラーラはきぃぃぃぃっと言いながらチクチクと針を動かす。喋《しゃべ》っているのに、縫い目はとても綺麗《きれい》だ。流石としか言えない。

「きっと、それだけクラーラの腕を信頼しているんだと思いますよ。だって開演直前で直せって言っても普通は直せないじゃないですか。他の衣裳を探す方が賢明だけど、それをしないのだから」

クラーラの苛立《いらだ》ちも分からなくもない。開演直前なら、彼女もまた忙しかったはずだから。でもこれはお互いプロで、完璧を目指す故の衝突な気がする。

今のローザヴィ劇場は、より完璧を目指そうとする人と、とりあえず踊れればいいという考えで分かれている気がした。臨時の人が多いからだろう。だからこそ、たぶん同じ方向性のクラーラとゾーヤは喧嘩《けんか》ではなく協力をすればいいのにと思うけれど、長年の溝というのは中々埋まらないようだ。

もっとも、仲よしこよしならばバレエが素晴らしいものになるかといえばそうではないので、この関係で上手くいっているのなら、それでもいいのかもしれない。

「……はあ。イリーナは本当にいい子よね。というか、早っ。もうほとんど終わっているじゃない」

「刺繍《ししゅう》や縫物は得意なので。趣味で幼い頃からよくやっていたんです。クラーラほど綺麗ではないですけど」

趣味にもなるし、内職にもなる。一石二鳥、それが刺繍だ。

「当たり前よ。本職でやっているのに趣味に負けたら、私の立つ瀬がないじゃない。でも掃除も得意で針仕事も得意とか、いつでも嫁に行けるわねぇ。ねえ、一緒に入った、あの銀髪の彼。イリーナの恋人なんでしょ？」

「えっ。あの、その」

「隠さなくてもいいわよ。というか、彼の牽制《けんせい》が凄すぎて、男性陣が動揺していたもの。イリーナも嫉妬深い彼がいて大変ねぇ」

同じバレエ団の仲間だという紹介はしているが、関係については説明していない。それなのにいきなり当てられてしまったことに動揺する。

「そんなに分かりやすいですか？」

婚約者であることをあえて隠そうという打ち合わせはしていない。だからバレても特に問題はないのだけれど、言わなくても察せられるとか気恥ずかしい。

「ええ。口で言わなくても分かるぐらいにはね。二人が並んでいると、さりげなくミハエルがイリーナの腰を抱いたり肩を抱いたり……。それにイリーナに下心ありで近づいてご飯を誘おうとした男は睨《にら》まれて顔を青くさせられているし。美形の無表情って怖いって初めて知ったわ」

「ははは……」

ミハエルは心配性なので、色々周りに警戒してくれているのだろう。でも下心ありで近寄ってきた男性を追い返すのはよくないのではと思ってしまう。上手く情報を聞き出せるチャンスなのだ。まあ、危ないことはしないようにと言われているので、力では敵《かな》わない男性には安全と分かるまでは近寄らない方がいいのかもしれない。

でも当てにされてない気がして、ちょっと残念な気もする。大切にしてもらえて、道具のように扱われないというのは嬉《うれ》しいけれど、少しは頼って欲しいなと思うのは私の我儘《わがまま》だろうか。

「ゾーヤ達だって絶対分かっているはずなのに、わざわざ彼にアプローチするのも気に入らないのよね。ゾーヤの美しさは私だって認めているわ。でもだからって人の男を誘惑するとかあり得ない。主演をやっているからって天狗《てんぐ》になりすぎよ」

クラーラの言葉に私は苦笑いするしかない。

ミハエルは情報収集のために男性の輪に入ろうとしていたが、あまりに美しいせいでバレリーナ達に囲まれることが多かった。その筆頭がゾーヤ達のグループだ。あまりに遠慮がないので、私とミハエルの関係には気が付いていないのかと思ったが、クラーラの話を聞く限りそうではないようだ。

「彼は昔からモテますから」

なんたってミハエル様だ。あの美しさに惹《ひ》かれないわけがない。女性も男性も魅了するミハエル様は素晴らしいのだ——とミハエルが女性と喋っているのを考える時は強制的に使徒モードに頭を切り替えるようにしていた。美しい女性とミハエルが一緒にいることを考えるとつい自分と比べてしまい、胸の奥がチクリとする。仕事で情報を得るためならば、女性からの好意は利用するのは当たり前。さっき私だって、男性の下心を利用できればなんて思ったぐらいだ。だから嫉妬するわけにはいかない。

一緒に調査すると決めたのだから、ミハエルの邪魔だけは絶対したくなかった。私がいない方が調査がはかどるなんてことがあったら、それこそ辛《つら》い。

「なんだかジゴロになれそうな子よね……あっ、ごめんね。イリーナの彼を悪く言いたいわけじゃないけど、イリーナがこんなにいい子だから、腹立たしくて。美形って奴は好意をもらえて当然ってところがあるから心配なのよ。この世界じゃ、浮気とかよくある話だし」

バレエの世界は一般の世界よりも美男美女が多い。そのため、女性に貢がせる男、またはその反対を今までに見たことがあるのだろう。

「いいえ。大丈夫です。あ、そう言えば私の前に神形役をやっていた人って、どういう人なんです？　実は春ごろにこちらの公演を客として見に来たことがあって。本当はあんな凄い人の代わりに踊れるか心配だったんですけれど」

話題を変えても怪しまれない状態だったので、折角なので話を軌道修正させて団員の話題に戻させてもらう。

「ああ。春に踊っていたということはボーバのことね。彼も私と同じで結構古株なの。昔は普通に顔を出してバレエを踊っていたんだけどね、ちょっと火事に巻き込まれたせいで火傷《やけど》を負っちゃって。ほら、この世界ってダンス力だけではなくて、見た目も重要でしょう？　火傷を負ってもカッコよかったんだけど、彼も気にしちゃってね。だから舞台を降りようとしていたの。だけど支配人がね、まだ踊れる足があるのに舞台を降りてはいけないって言って、着ぐるみで踊らせるようにしたのよ」

「そうだったんですね。確かにあのダンス力をなくすのは惜しいですものね」

あの時の着ぐるみの踊りは人間をやめていると、半ば本気で思った。あれだけ踊れるならば、バレリーノとして踊っていた時はさぞかし素晴らしいダンス力の持ち主だったに違いない。ニキータさんが引き留めるのも分かる。

「ええ。私も支配人には感謝しているわ。他の劇場だと、ダンサーの代わりはいくらでもいるという考え方の人もいるからね。今回のボーバの怪我も治らないものではないらしいから、彼が帰ってくるのを待つと言ってくれているのよ。実際着ぐるみのバレエが入る演目は今では人気だし……。あっ。イリーナに早く出ていって欲しいわけじゃなくてね」

「分かっていますよ。それに私もこの公演が終われば元のバレエ団に帰るので、その、ボーバさん？　には早く治ってもらわないと困ります」

私が気にしてない様子を見せれば、クラーラはほっとした顔をした。

でも、聞いてみてなるほどと思った。

着ぐるみ役は顔が見えないからやりたがる人も少ないと言っていたので、逆にあれだけ踊れるのに何故その役をやっていたのだろうと思っていたのだ。でも見せたくないものを隠して舞台に上がれるという利点もあるのか。

「そういえば、私の他にも結構臨時の方がいるみたいですけど、怪我をする人が多いんですか？　ローザヴィ劇場なら踊りたいという人も大勢いそうですけど」

「うーん。元々バレエは怪我が付き物だけど、言われてみるとちょっと多いかもしれないわね。最近異国の人の割合が増えているし」

「そうなのですか？　異国ということは、バレエの本場から来た人もいます？」

私は上手く引き出せた話題に、合いの手を入れる。やはり、裏方でずっと仕事をしてきたクラーラから見ても、割合が増えているように思うらしい。

「ええ。いるわよ。ほら、イリーナも話していたカトリーヌの出身がそうよ。彼女も含めて皆、バレエ学校からの紹介で来ているらしいわ。細かなニュアンスが通じないことはあるけれど、一応皆言葉は通じているわよ」

「色んな国の方がいるなら、異国の踊りも教えてもらえるということですよね。あっ、でも。バレエ一筋って人も多いのかな。変な癖がつくと嫌って人もいますもんね」

私が前向きにとらえて笑うと、クラーラは少し困ったような顔をした。その表情に、気が付いた私は、声のトーンを落とす。

「……もしかしてクラーラは異国人が苦手だったりしますか？」

こそっと話しかけると、彼女は首を横に振った。

「そういうことはないわ。でも、そうね。長くここにいる分、異国人の割合が増えると雰囲気も変わってしまって微妙な気持ちになるのかも。うーん。上手く言い表せないんだけどね。元々ここは仲よしこよしって雰囲気ばかりでもないから仲がそれほどよくなくても変わらないわ。でも素晴らしいバレエを追い求める場所だったから……。決して手を抜かれているとも思ってないのだけど」

長く勤めればそれだけ愛着も湧《わ》く。臨時のダンサーは所詮臨時なので、自分の踊りは手を抜くことなくやっても、劇場自体をよりよくしようという考えはない。

クラーラはその辺りに居心地の悪さを感じているのかもしれないと思う。私も臨時の使用人をしていた頃、一つのお屋敷で働き続けている人とは少し毛色が違うなと感じることがあった。

「出身が異国だから、同じ国の人同士集まって、母国語で話し合っていたりするからかしらね。別に悪いことではないんだけど」

王都は海に接しているので、元々地方より異国人と接することが多い。その分、異国人とのトラブルもそれなりにあった。文化や習慣が違うだけでなく言語の壁もあるのだから仕方がない部分でもある。

もしも最初から苦手意識があれば、悪意なく彼女の中で情報が悪い方に歪《ゆが》められることもあるので、情報を聞いた時は慎重に見極めなくてはいけない。嘘《うそ》は言っていなくても、主観と思い込みで情報がねじれることはしばしばある。

私の親の噂話《うわさ》のように……あっ。そういえば、そっちもちゃんと調べなければいけないんだった。

色々あって、すっかりニキータさんに聞きそびれていた。

「バレエの技術だけでいけば素晴らしいわよ。うちの団員よりも凄いこともあるし。ただね。多国籍になった分だけ、どうにも居心地が悪いこともあって。私の頭が固いからなんでしょうけど」

「そんなことはないと思います。たぶん、クラーラはここがとても大切なんですね」

「そうね。いい思い出ばかりではないけれど、ここは私の生きる場所だから。とにかく、異国のバレエダンサーが悪い人達ではないことは分かっているのよ。異国で頑張るというのは、本当に大変でしょうし」

クラーラは彼らのフォローをしながらも、やはり割り切れない感情からか、苦笑いをしたのだった。

◇◆◇◆◇◆

ミハエルと私は支配人の配慮で同じ舞台に配役されていた。私はもちろん着ぐるみの神形役だ。ミハエルも神形役だが着ぐるみではなく、衣裳と化粧でそれっぽく見せる。

ピッタリ体の線が分かる青い服には、鱗《うろこ》のように布が張りつけられ、顔にも青色で頬の辺りに鱗のような模様を描かれていた。今のミハエルは王都を襲った水龍《ウォータードラゴン》の体の一部なのだ。

立ち位置は、主演ではなくバックダンサーのような配置だ。むしろ私の方が目立つ配役だろう。

私ごときが申し訳ないと思うが、ミハエルの踊りはバレエ団の中では格別上手というわけではない。顔立ちや品はミハエルの方が上だと私は思っているが、バレエは踊ってこそバレエなのだ。でもミハエルはプロではない。舞台で踊ってからかなり期間が空いていると思えば大躍進だ。

「ミハエル様、流石です」

水龍を表現した群舞をするミハエルを見ながら、私は舞台袖でほうとため息をつく。

大勢の中の一人だが、私にとってはミハエルが主役だ。ああ、何故ここにカメラがないのか。あったとしても、私も舞台に立つので使えないのだけれど。こうなったら心の目にしっかり焼き付けておかなければ。

とはいえ、そろそろ私も出番だ。ミハエル様応援モードから頭を切り替えよう。着ぐるみの踊りは、失敗するわけにはいかない。

「っ!!」

さあ、そろそろだと移動した時に何かに躓《つまず》いた。とっさに足に力を入れ、転倒は回避できたが危ないところだった。どうしても着ぐるみだと視界が悪くなり足元が見えにくくなる。しかも頭が重く転びやすい。かといって下手に転べば怪我は免《まぬが》れないだろう。この姿で大怪我をせず長年踊り続けていたという私の前任者は、本当に運動神経がよかったんだと改めて思う。

舞台に上がった私は、楽団が奏でる音に合わせて飛び跳ねた。スローテンポから、だんだん早くなる音楽は、はっきり言って踊る側としては地獄のようだ。舞台全体を使って早くなっていく音楽に合わせて踊り続けた後に、暴れ狂うかのようにクルクルと回りながら舞台袖に消えなければいけない。

これで多少変更して、踊る量を減らしているというのだから、前任者の体力は驚異的だ。きっと同じだけ踊っていたら、私もどこかを怪我していただろう。

舞台袖に引っ込むと、私は荒い息を整えるためにゆっくりと歩く。疲れたからといってその場に座り込むのはあまりよくない。ゆっくりと心拍数を落とし、最終的にストレッチをする。怪我予防のためには、終わった後も大事なのだ。ただしこれは次の出番がない場合しかできない。……前任者は――いや、比べるとへこみそうなので、これ以上考えるのは止《や》めよう。とにかく今は、会場からは拍手がもらえたので、及第点だと思っておくことにする。

「チッ」

クールダウンしながら、演技を自分なりに評価していると、どこからともなく舌打ちが聞こえた。……この舌打ちは何に対する舌打ちなのだろう。

私が踊ることをよしとしない人がいるのだろうか。

視界が悪いために、誰の舌打ちなのかも分からなかった。そもそも舌打ちされたのも、私の聞き間違いの可能性だってある。

しかし舌打ちが悪意あるものかもしれないと思うと、最初に入場した時に躓きそうになったのもわざと誰かがやったのではないかと思えてきた。でもその理由はなんだろう。私に対する嫌がらせか、もしくは私にこの舞台を降板して欲しいのか……。

誰かに悪意を持たれているかもしれないと考えると落ち着かなくなり、私は休憩室に移動した。

落ち着け。落ち着け。

パニックになったところで身の危険がなくなるわけでもない。私は歩きながら深呼吸する。

とりあえず、故意的にされたものだとしても、大勢の目があるところで何かしてくることはないと思う。私への個人的な悪意があったとしても、ただ神形役の降板を狙っただけだとしても、劇場が一時閉鎖になるようなこと、つまりは殺人的なことには発展しないと踏んでいる。この劇場で働いているなら閉鎖は困るだろうし、私の後釜《あとがま》として着ぐるみの神形役をやりたいならば、なおさら閉鎖されては困るだろう。

事故死に見せかけてということはあり得るので気は緩めるべきではないけれど、大勢の目があるところは安全だ。

でも今怪我をしそうになった理由は？

駄目《だめ》だ。情報が足りないせいで、どう推理しても憶測の域を出ない。

やっぱり躓いたのは視界が悪いための私の初歩的ミスで、舌打ちも気のせいか、私以外の誰かにした可能性だって捨てきれない。視界が悪くなる着ぐるみはやはり不便だ。

「……目を閉じて戦う訓練とかもしておいた方がいいのかなぁ」

視界が遮《さえぎ》られても戦わなければならないこともあるだろう。そういう時は視覚以外の聴覚や嗅覚、触覚を最大限に利用するのだと聞いたことがある。その技さえあれば、躓かずに移動し、舌打ちされてもどこからなのかや、誰なのかを瞬時に把握できたかもしれない。

ミハエルの役に立つには、まだまだ修行が足りないなと己の不甲斐《ふがい》なさを反省しながら休憩室に入ると、椅子に座っているミハエルの周りに女性が集まり囲んでいるのが見えた。まるで接待するかのように、女性達は飲み物を渡したり、タオルを渡したりと甲斐甲斐しい。……ですよね。ミハエルがいたらこうなるのは当たり前だ。なんたって、相手はミハエル様。私がミハエルの恋人ではないかと周りが勘づくぐらい、ミハエルはそういう空気を出していたようだが、私相手なら奪い取れると思ったのだろう。

確かにミハエルと私が並べば、どう見ても見劣りしてしまう。

それでもミハエルは、よそ見をしないはずだ。それだけは信じられる。

でも女性達はバレリーナであるため、同性の私から見ても皆美人に見えた。そんな女性達の中に勇気を出して進もうと思った時、視界に着ぐるみの熊の手が映り込む。女性らしさとは程遠い姿……それを認識した瞬間、私は踵《きびす》を返して更衣室へと足を向けた。

「ミハエルは仕事、ミハエルは仕事、ミハエルは仕事……」

忘れてはいけない。一番大事なのはミハエルがちゃんと任務を完了できること。だから私はこんなことで嫉妬している場合ではない。もっと冷静になるべきだ。

そして女として敵わないなんて弱気になっている場合でもない。ミハエルに釣り合ういい女になると私は決意した。だから私はやれることをするべきなのだ。

更衣室に移動すると、私はシャワーを浴びる。初日はオリガが待っていたが、次からは止めてもらった。バレエ団の内情を調べているのだから下手に目立つのはよくないし、何かあった時オリガまでは守りきれないと判断したためだ。異国人が増えている理由が偶然ではなかった時、危険が一気に跳ね上がる可能性も高い。

でも……今は少しだけ、味方としていてもらえばよかったなと弱気なことを思ってしまう。よくない傾向だ。

ミハエルがモテるのは今に始まったことではない。

「情けない」

ミハエルが私を認めてくれているのだから、私は胸を張って、もっと前向きに頑張ればいいだけのはずだ。さっきだって、私はちゃんと自分の役目を終えて拍手をもらった。それを自信に変えるべきだ。

そう思うのに、どうしても否定が入る。私ではミハエルに釣り合わないし、バレリーナ達のような華やかな美人でもない。こんな私ではミハエルの気が変わってしまうかも……。

昔からの悪い癖だ。前向きになれるよう努力しているのに、どうしても自分を信じきれない。

服を着こみ、タオルでしっかりと髪を乾かしてから、自由に使える化粧道具で薄化粧をする。そして髪はいつもの三つ編みに整えた。大丈夫。いつも通りにできた。

ミハエルに会いに行く前に手鏡で確認しよう。

そう思い覗《のぞ》いた私の灰色の瞳は、薄暗くどんより濁っていた。陰気な表情と相まってまさに憂鬱《ゆううつ》な曇り空だ。

「……頭を冷やそう」

ミハエル様のようになりたい。

そう思って十年過ごした。後ろ向きで不満ばかり溜《た》めていて、自分が不幸だと思う自分を変えようと努力した。

でもどれだけ頑張っても、知識を身につけても、武術の腕を磨いても、私は自信が持てない。

自分を認め肯定することが苦手だ。

だからちょっとしたことで揺らぐし、ミハエルにあからさまに好意がある美女がアプローチをかけていると、不安に駆られる。ミハエルを婚約者ではなく神様だと認識していた時はここまで不安にはならなかった。ミハエル様の隣にいられるはずがないと初めから諦《あきら》められたから、心穏やかにミハエル様の幸せを願えた。

ミハエルの隣にいたいという欲が、自分の劣等感に繋《つな》がってしまう……情けない。あまりに情けなさすぎる。いい女になるために努力すると決めたのに、この体《てい》たらく。

嫉妬に歪んだこんなひどい顔をミハエルに見せるのは嫌だ。もう少し平常心に戻ってから休憩室に戻ろうと思いつつ、人目を避けて私は奥に進む。

気が付けば色々なものをしまう倉庫まで来てしまっていた。倉庫は薄暗く、結構不気味だ。でも人の気配がしないからこそ、落ち着いて考えられる気が――ちょっと待って。

「……ああもう。何やっているんだろ」

私は自分の間抜けさ加減に前髪をくしゃりとかきむしった。さっきまで、人気《ひとけ》がない場所に一人で行くのはよくないと思っていたのに。わざと怪我をさせようとしている人がいるかもしれないと警戒したばかりだ。

いくら落ち込んでいるとはいえ、やってしまった。早く戻ろうと思った瞬間、すぐ後ろでコツンと音がして私は息を止める。

心臓が早鐘を打ち、体が緊張でこわばった。間違いなく、誰かがいる。

そして暗いながらも薄《うっす》らと入っていた光が、次の瞬間遮られた。

「ミハエルって、主役をやらないのが不思議なぐらい、素敵ですよね」

「ありがとう。でも俺の踊りはまだまだだよ。スザンナ先生には怒られてばかりだからね」

「ええ?! ひどい。可哀想」

「でも怒ってもらえるってことは、それだけスザンナ様に目をかけてもらっているということじゃない? 見込みがない人には教えないっていうことで有名な方だし」

◇◆◇◆◇◆

俺からの好意を引き出そうと一生懸命俺を褒《ほ》め、熱い眼差《まなざ》しでこちらを見つめてくる女性達に俺は内心苦笑いする。貴族の女性よりボディタッチが多くぐいぐい来るが、それほど行動に差はない。

この顔は、昔からそうだった。何か魅了的な呪いにでもかかっているのかというぐらい女性に好意を持たれやすい。嫌味のように聞こえるかもしれないが、齢《よわい》十歳で既《すで》に成人された女性から誘いが来るほどだった。身の危険だって感じたこともある。もちろん身分や周りの協力でなんとかなってきたし、美貌の持ち主は両親も同様なので、彼らを教師にしてどう対応したらいいか学んできた。

「そうだといいんだけれどね。君達の踊りは美しいよね。とても洗練されていて、流石ローザヴィ劇場だと思ったよ」

全員が顔を赤くし、熱に浮かされたような顔をするのを俺は冷静に観察する。彼女達の発音はあまりなまりがない。地方出身ということはあるだろうが、少なくともこの国生まれであることは間違いないだろう。

「俺はバーリン領生まれだけど、皆はもしかして王都生まれかな？」

「私は――」

思った通り女性達は半分以上が王都生まれ、もしくは地方の貴族階級生まれだった。男爵や子爵令嬢で、三女、四女ともなればいずれ貴族から外れ、自分で生きていく道を見つけなければいけない。外見がよく身体能力に恵まれていれば、現在王が力を入れている芸術への道を目指そうと思うだろう。バレエは狭き門なだけあって女性が就く職業としてはとても地位の高いものとされていた。

「――由緒正しい劇場なんだけど、最近は雰囲気が変わってしまったのよね」

「分かる、分かる。異国の方々が増えたせいよね。踊りは素晴らしいけれど、ねぇ」

ローザヴィ劇場のダンサーは王都出身者や貴族階級生まれが多いのかなどの話題を広げていけば、彼女達は異国出身者が増えたことを愚痴り始めた。ただし異国の人はこの休憩室にもいる。だから彼らが悪いとは決して言わないし、声のトーンも控えめだ。

それでも女性は話し始めたら止まらないというのは、貴族でもバレリーナでも同じらしい。

俺はその会話をただ聞き、時折俺が聞きたい話に軌道修正するように質問するだけで沢山《たくさん》話してくれる。

その結果分かったのは、異国人は昔から踊っていたが、ここ一年で割合が増加しているというものだった。この辺りはニキータさんから聞いた話とさほど変わりがない。

どうやら異国人と正規のダンサーは個人的な付き合いをしていないようで、異国人一人一人に対して個人的なことを知っている人はいなかった。

団員が怪我をするタイミングはバラバラで、練習中の時もあれば、休憩時間や通勤中などで運悪くということもあるらしい。この辺りは不慮の事故に故意の事故が紛《まぎ》れていないか調べる必要がありそうだ。

というのもこれだけ怪我が続いているのに、幸いにも公演時間での怪我がないからだ。皆が気を付けているからともいえるが、公演が中止ないしローザヴィ劇場自体が休館にならないように調節していると言えなくもない。

「酒を飲んで、他の客ともめてとかもあったよね」

「あった、あった。王都生まれも色々だし、孤児でも才能さえあれば、なれなくはないしね。望みは薄いけど」

自分達は大丈夫だと思っているからこそ、彼女達は笑い合う。

故意に事故が起こっているとは疑ってもいないようだ。酒を飲んでもめるなど故意に起こそうと思えば起こせそうだけれど、そうなっても仕方がないと思われる人物がそれで怪我をしたらしい。

……逆に怖いな。

内情を知っている上で、一人ずつ分からないように入れ替えをするというのは、遺体が出てくるより発見されにくい。もしも本当に故意だったら、恐ろしい。

バレエというのは異国で始まった踊りだ。それをこの国で発展させると王は決めた。諸外国より遅れ気味であるこの国の近代化を推《お》し進めるためだ。そして急激に変化をもたらすため、王は講師や演出家などの異国人を積極的に受け入れた。そのため異国の諜報員《ちょうほういん》が入り込みやすいのもここだ。それが分かっていても、必要な代償だと割り切ってきている。

その代わり、国が支援する劇場のバレエダンサーはバレエ学校を出て国家試験に合格した者のみとして、自国の者達で発展させられるようにした。異国人のバレエダンサーは臨時の客員としてしか起用せず、正規雇用はしない。ただし給料の面は正規雇用と同等、もしくは場合によってはそれ以上に弾む。

これは、数十年後への投資だ。今は異国の力を借りなければいけない。しかし土壌づくりがちゃんとできれば、その後はこの国の者だけでバレエを発展させられるようになり、逆にこの国のバレエを他国へ売り出せるようになる。

ある程度は仕方がないと割り切ってはいるが、今は確実に臨時ならば異国の人間が入り込めるという部分に付け入られていた。

こうなってくると、バレエ学校の方も調べておかなくてはいけないだろう。むしろ送ってくるこっちをなんとかした方が早いかもしれない。全ての異国人を排除などできるはずもないのだから。それに臨時は所詮臨時だ。時期が来たら強制的に帰らせられる。とはいえ、長々とこの調査にあたるわけにはいかないので、できる限り早期解決しないといけない。……本当に面倒なことを押し付けられたものだ。

「ミハエル、もしかして疲れているの？　眉間《みけん》にしわが……」

すっと顔に手を伸ばされ、俺はやんわりとその手を握り下ろさせた。油断も隙《すき》もない。こんな場面をイーシャに見られたらと思うとゾッとする。イーシャが斜め上に解釈し、私ではミハエルを癒《いや》しきれないとか変な妄想《もうそう》を始めて、やっぱりこの結婚はなしにとか、愛人を認めますとか言い出したら困る。

本来女性はイーシャ、男性は俺が調査する予定だったのに、どうしてこんなに女性ばかり集まってくるのか。……分かりやすくイーシャが恋人だとアピールをしたつもりだったが足りなかっただろうか。

「そうだね。これだけ大きな場所で踊るとなると緊張してしまうし、少し疲れたかな」

「それなら、私の部屋にくる？　私の家、近いから――」

「そこまでは疲れていないよ。それよりも、俺はこのバレエ団について教えてもらいたいな」

ぐいぐい来る女性をかわしながら、俺は心の中でため息をつく。彼女にはできる限りこっちからは近寄らないようにした方がよさそうだと、バレリーナの一人を観察する。独特の空気がないのでたぶん諜報員ではないと思う。そもそも彼女は正規のダンサーで、今年三年目だ。プリマに一度もなっていない彼女はダンサーを辞めた後のことを見据えているだけなのだろう。

……本当に、勘弁して欲しい。

ないとは思うが、もしも正規職員にまで諜報員が紛《まぎ》れ込んでいるのだとしたら、一度バレエ団を解体することも念頭に置いておかなければいけない。どちらにしろ諜報員は確実にいそうな気がするので、ローザヴィ劇場で襲われた理由は【ミハエル】だからというよりも、軍服に反応した可能性が高くなってきた。今のところ捕まえた奴らは黙秘を貫いているらしいが、異国人だとは聞いている。

「臨時のダンサーの国籍は色々よね」

「一番多いのは、やっぱり発祥国だけど。でもその近隣も同じぐらいバレエは盛んだし、そういうところからも来ているみたいよ」

「そうなんだ。一度異国のバレエについても聞いてみたいな――。そう言えば、イリーナが帰ってこないな。そろそろ出番も終わったはずだけど」

臨時のバレエダンサーの方をチラッと見て気が付いた。

自分がここに来てからずいぶん経《た》った気がする。しかしいまだにイーシャの姿はない。イーシャは着ぐるみ姿で激しい動きをする代わりに出番を減らしているはずなので、そろそろ戻ってこないとおかしい。

「彼女、着ぐるみだから着替えているんじゃない？　絶対汗臭いだろうし」

「そうそう。女性の身支度は時間がかかるもの。しっかり化粧しなければね。着ぐるみに隠さなくてはいけないぐらいだし」

「もしくは、お針子とかやっているんじゃない？　ずっとここで働きたいなんて思っているのか、媚《こ》び売って裏方の仕事もしているんでしょ？　私、そういうプライドのない行動好きじゃないな。残りたいなら、正々堂々バレエで勝負すればいいのに」

　イーシャに対する悪意を感じて、俺はスッと目を細める。

　彼女達は俺に気がある雰囲気だ。だからこそ、同じバレエ団で仲がいいイーシャに思うところがあるのだろう。でもイーシャのことを悪く言われるのは楽しいものではない。たとえ、情報を聞き出すためだとしてもだ。

「イリーナは俺と一緒にバーリン領に戻るよ。だから君達と一緒に働くのはこの公演だけだ。安心していいよ。彼女は、君達の役をとったりはしないから」

　ニコリと嫌味と聞こえない笑みを向けると、彼女達は動揺したようにお互い目配せをする。どう反応していいのか分からないのだろう。

　イーシャの方が踊りのセンスは上だということは分かっているはずだ。短時間で神形役の振りを覚え、着ぐるみで動きを制限されているにも関わらず、男が踊るようなハードな踊りをこなしてしまうのだから。彼女達に、あの動きは無理だ。

俺が言外に君達の踊りの方が下だと嫌味を言っているのか、それとも言葉通り争う必要性がないと伝えているだけととらえていいのか迷っているのだろう。顔がいいので俺の言葉は相手にとって都合よく取られやすい。それでもイーシャの実力が分かっているなら小骨のように突き刺さるはずだ。もしかしたら分かっているからこそ、イーシャに対して攻撃的な言葉になっているのかもしれない。

「ミハエルはここに残ってもいいんじゃないかしら」

「そ、そうよ。貴方こそ、ローザヴィ劇場で踊るべきだわ。だって、こんなに素敵なんですもの」

「うーん。それはないかな。俺はあくまで臨時だよ。王都も嫌いではないけれど、バーリン領が気に入っているからね。それにね、ここには女神がいない」

「女神？」

俺の言葉をキョトンとした表情で繰り返される。

突然女神なんて言ったら、確かになんの話だと思うだろう。でも彼女は俺の中の女神だ。イーシャほど狂信的ではないけれど、共にいれば生活が豊かになり、毎日が楽しくなるのだ。俺が守られるというのも新鮮だし、でも守りたいとも思う。

「俺はイリーナなら全てを捧《ささ》げてもいいと思っているんだ。そんな相手、女神しかいないだろう？　そして女神がいる場所が、俺の居場所なんだよ」

じゃあねと言って、俺は立ち上がった。ここまで言えば、彼女達からのアプローチは収まるだろう。というか収まってくれないと困る。もうしばらく続く調査を思えば、彼女達と全面戦争などしたくない。

俺がイーシャのところに行くのを阻《はば》もうとしていた女性達は、ぽかんとこちらを見たまま動かなかった。それをいいことに、俺は休憩室の外へと出る。

廊下に出ると丁度《ちょうど》男性の団員達が歩いていた。たぶん今まで踊っていて、これから休憩に入る人だろう。だとしたらイーシャを見たかもしれない。

「すまない。イリーナを見ていないか？」

「俺は見てないな」

「いやいや、見ただろ。ほら、さっきの暗い顔していた子だよ」

黒髪の男が否定すれば、隣の茶髪の男がツッコミを入れる。

「そうだっけ？　イリーナって着ぐるみ着ている子だよな？　どんな顔だっけ。着ぐるみを着ていたら分かるけど」

「おいおい。顔ぐらい覚えてやれよ。三つ編みの子だって。さっき倉庫の方に向かっていただろ」

どうやら、イーシャは着ぐるみでいることが多いので、あまり顔が覚えられていないようだ。

それでももう一人の方が見覚えのない顔として覚えていたらしく、なんとか情報がもらえた。

それにしても、倉庫か……。不味《まず》いな。

「ありがとう」

そう言いながら、俺は倉庫に向かって走る。

館内を一度調べたが、倉庫と言えば公演時間中は特に人気がなくなる場所だ。イーシャは怪我を負ったバレリーノの代役を務めている。そしてこの代役は、バレエ学校を通すことなく、偶然その場に立ち会ってしまったイーシャが請け負ったものだ。もしもこのバレリーノの代役をやりたいがために前任者が怪我を負わされているとしたら、イーシャも危険にさらされる可能性がある。諜報員なら役柄にこだわりはないだろうが、イーシャの役は特別だ。顔が隠せる役がしたいなら、着ぐるみの神形役しかない。

一人になってはいけないと言っておけばよかったと思ったが、イーシャなら言わなくても分かっていそうだ。彼女は賢い。そうなると何か理由があって一人になった可能性もある。何も考えておらず偶然というのも怖いが、理由があっての方がもっと怖い。

イーシャは自分の能力を客観的に把握して、できる範囲内でしか動かないけれど、たぶん俺と自分の命を天秤《てんびん》にかけたら俺を選ぶタイプだ。俺のことが好きだからというのもあるが、自己肯定感が低いために自分の存在を軽く見る。

もしも何かを掴《つか》んだイーシャが、自分を囮《おとり》にしようと無茶をしていたら……。囮もイーシャなら上手くできるかもしれないけれど、そういう危険は冒《おか》さないで欲しい。万が一ということがあるのだ。

倉庫に近づけば、扉は開けっ放しになっていた。その向こうでイーシャが、誰かと向き合って立っているのが見える。イーシャの表情はにこやかとはいえず、こわばっていると確認できた瞬間、俺は背を向けて立つ男の肩を掴んだ。

「お前、イーシャに何をしているっ?!」

「えっ。ミハエル?! 待って!!」

俺が怒鳴ると同時に、イーシャが驚いた顔をした。カランカランと男の手から何かが落ち転がる。

視界の端に入ったそれは、杖《つえ》だった。……杖?

「大丈夫ですか?!」

イーシャは慌てたようにその場でしゃがみ、杖を拾い上げる。あれ? イーシャは何かされていたわけではない?

「えっと……あれ?」

何やらおかしいと、肩を掴んだ相手の顔を見れば、そこには支配人であるニキータさんの顔があった。

倉庫から支配人室に移動したが、ものすごく居心地が悪い。その理由は……どう考えても私のせいだ。

◇◆◇◆◇◆

「あの、ミハエル。心配させるような軽率な行動をとってしまい申し訳ありませんでした」

私はまずミハエルに頭を下げる。彼は先ほどから難しい顔をしていた。当たり前だ。私のせいで勘違いをさせ、ニキータさんの肩を乱暴に掴むなんて真似をさせてしまったのだから。

「それから……えっと、マルコフさんも、私が人気のない場所に一人で入り込んでしまって心配してくださったのに、こんなことになって申し訳ありませんでした」

仕事なのに嫉妬して勝手に不安になって危険な場所に行くなんて間抜けもいいところだ。どうやらあの時の私は、他の団員が心配するぐらい暗い顔になっていたらしい。深刻そうな顔でフラフラと更衣室を出ていく私を心配した方が後ろを追いかけてくれていたらしいが、偶然それを見た支配人が、知り合いの娘だから代わると申し出てくださり、追いかけてくれたのだ。

そんな中、ミハエルまでやってきたことで勘違いさせ、一触即発のような状態になってしまったわけである。

「気にしなくていいよ。心配したのは俺の勝手なんだし。それからニキータさん、早とちりしてしまって申し訳ありませんでした」

ううう。ミハエルにまで、私のせいで頭を下げさせてしまった。本当に自分の迂闊《うかつ》さが嫌になる。

「いいや。私もあの場で立ち話をせずに、早めにイリーナと移動するべきだったよ。軽率な行動といえば、私も同罪だ。それから、イリーナ。私のことはニキータさん、もしくはニキータおじさんと呼んで欲しい。もっと頼ってくれてかまわないからね」

「えっ。おじさんですか？」

「お兄さんでもいいよ」

「ニキータさんは、イーシャの親と同じ年ぐらいですよね？　お兄さんはちょっと無理があるのでは？」

ミハエルの言い分はもっともだったが、支配人は口をへの字にした。

「昔は舌足らずな感じでそう呼んでくれていたんだ。ニーカにーに、大好きって」

「えっ?!」

まったく記憶にない。でも王都にいた時代、つまり三歳までの記憶はおぼろげでほとんどないので、言っていないとも言いきれない。でも親と同い年の相手にまさかの略称……。親がそう呼んでいたならあり得なくはないけれど。

「駄目。絶対駄目。イーシャに一番愛された婚約者である俺ですら、ミハエルなのに、なんでニキータさんが略称呼び&兄枠なわけ？　ないね。心が狭いと罵《ののし》られようと、断固拒否。というかなんで舌足らずだった頃のイーシャを知っているの？　えっ。ずるくない？」

「ずるくない。年上でかつイリーナの両親の親友的立場の特権だ。それに婚約者に遠慮して略称や愛称で呼べなんて言っていないだろ。ただ、幼い頃のイーラ……おっと失礼。イリーナを知っている分、名字呼びは寂しいんだよ」

幼児の私に出会ったところでなんの利点もないと思う。ミハエルの幼児期ならさぞかし美幼児だったに違いないので、凄く見たいけれど、私は特に目立ったところがない普通の子供だったはずだ。ずるいと思われる要素などない。しかしミハエルはむくれた。

「愛称なんて、もっと駄目に決まっているし。何、その仲よしアピール。ずるい。俺だってあの雪祭りの時にイーシャと別れなければ、幼馴染《おさななじみ》をやっていたのに」

「あの！　ではニキータさんと呼ばせていただきます」

変な部分でずるい、ずるいというミハエルの言い分が恥ずかしくて、私は呼び方をさっさと変えることにした。そもそも心の中ではニキータさんと呼ばせてもらっていたのだ。

「別に名字呼びのままでもいいんじゃないかな？」

「それはちょっと心が狭すぎるだろ」

ニキータさんまで、子供っぽい我儘をいうミハエルに呆《あき》れかえっている。そこまで気にしなくても父と同じぐらいの年齢の方と恋愛することはあり得ないわけで。そんなに心狭くなくてもいいと思うのだけれど。

「もう少し心が広いなら、二歳か三歳ぐらいのイリーナも一緒に描いてもらった、とっておきの絵姿をミハエルに見せようかと――」

「俺もニキータさんと呼んでいるんだし、ニキータさんでいいんじゃないかな？」

「えっ。一緒に描いてもらったって。えっ。ええ?!」

ミハエルの変わり身が早すぎる。

しかし待って欲しい。記憶にない時代の絵姿ほど恐ろしいものはない。もしも子供の頃はムチムチで不細工な顔をしていたら……。ひぃ。

「清々《すがすが》しいぐらいに変わり身が早いね」

「イーシャの幼い頃の絵姿は、彼女の実家にすらなかったので。お願いします。見せてください」

「やめてください。私のことなんかで頭を下げないでください」

さっきとは違う意味で頭を下げるミハエルを私は慌てて止めた。私の絵姿にそんな価値はない。

「それに私の幼児期の絵姿なんて、見たっていいことないと思います。見るに耐えない不細工だったらどうするんですか」

「安心して欲しい。どんなイーシャでも俺は幸せになれるから」

「どんな私でもいいなら、目の前の私で十分じゃないですか」

確かに私の実家に、私の絵姿は存在しない。貧乏な伯爵家では、そんなことにお金は割《さ》けなかったのだ。

「それはそれ、これはこれ。イーシャの母親が支配人と知り合いだとは聞いていたけれどこんなお宝が眠っていたなんて。探せば他にも――」

「探さないでください。私の絵姿なんて見てもつまらないですから。時間の無駄です。考え直してください」

「俺の絵姿ばかり見ているイーシャに言われたくない。いつもズルイなと思っていたんだよねー。とくと俺の気持ちを味わうがいい」

「うっ」

フハハハハと悪役のようにミハエルが笑った。私の日頃の行いが、ブーメランのように返ってくる。

だけど仕方がないじゃない。ミハエル様の絵姿は値段の付けられない価値がある。どの作品も至極の一品。見ないなんて人生の大損だ。でも私はただの子供だったので、絵姿も同様のただの子供しか描かれていないはず。楽しめるとは思えない。

そんなやり取りをしていると、ニキータさんが大笑いした。

「まさかあのミハエル坊ちゃんが、こう成長するとは」

「だからミハエル坊ちゃんは止めてください」

「ごめんごめん。いやー、本当に面白いなと。でもこういう感じだから、二人は上手くいっているんだなぁと感慨深くてね」

ミハエル坊ちゃん……。そういえば彼は私が知らない十三歳前のミハエルを知っているのだ。聞きたい。ものすごく聞きたいけれど、逆に言えば私も知らない私の昔話も知っているわけで、悩ましい。

もしもたずねたら、逆にミハエルが私の残念な過去を質問するに違いない。

「でもこれだけ愛されているなら、イリーナは何も心配しなくてもいいんじゃないかな？」

「……分かってはいるんですけど」

「心配？」

「えっと、その。本当に、仕事だと分かっているんです。分かっているんですけど、こう女性に囲まれるミハエルを見ていると不安になるというか。私が婚約者でいいのかなとか……いや。もっと努力しますし、今更婚約破棄なんて考えていないし、愛人反対派は貫くつもりなんですけど。ちょっと嫉妬してしまって」

先ほど倉庫でニキータさんと話していたので、彼は私が嫉妬してしまったので頭を冷やそうとフラフラしていたことは知っている。迷惑をかけてしまったのでミハエルにも話すべきだというのも分かっているけれど……後ろ向きな自分を見せるのは少々辛くて、自然と目線が下を向く。

ミハエルが今更私を突き放すとは思えないけれど、私の愚痴なんて楽しくないし、面倒だと思われるかもしれない。一度好かれている状態を知ってしまうと、嫌われるかもというのはとても怖く感じる。正直、ミハエルを信仰していた時の方が精神的には楽だった。

でも、もう戻れない。

「ごめんね。もっときっぱりとした態度をとるべきだったね。せめて女性と会話する時はイーシャにも同席してもらうとか――」

「いえ、そんな必要ないです。ミハエルへの好意があれば、有力な情報もより話してもらえるでしょうし」

「それは俺の腕の見せどころだよ。どんな状態でもちゃんと調べられるから安心して。それからイーシャはどの女性より俺には魅力的に見えるよ。安心できないなら、何度でも言うからちゃんと聞いて」

「何度も言われると、心臓が耐えられないので、結構です」

顔を上げると、懇願《こんがん》するように真っ直《まっす》ぐ私を見つめていたミハエルと目が合い、頬が熱くなる。嬉しいけれど、恥ずかしすぎる。不安も一気にどこかへ吹き飛ばされてしまうけれど、劇薬に近い。心臓が止まりそうだ。

「つれないなぁ。でもイーシャは本当に素敵だし、とても優秀だよ。もっと自信を持っていいと思うんだけどな」

そう言われても昔からの癖は中々直らない。できるだけ客観的に自分を見ようとは思っているけれど、どうしても自分より凄い人がいるとまだまだだと思ってしまう。どれだけ努力しても、もっと頑張らなければと不安になってしまうのだ。

「そういえばイーシャはどうしてニキータさんに会いに来たんだい？　前にチケットを融通してもらったお礼と言っていたけれど、それだけならお礼状でいいはずだよね？」

『はい』とも『いいえ』とも言えない私を理解して、ミハエルは別の話題に変えてくれたが、こちらも中々に話したくない話題だ。しかし疑問に思われているということは、初めからわざと一人で会いに行こうとしていたことに気が付いていたのだろう。

ニキータさんにも先ほど、ちゃんと話し合った方がいいと言われたばかりだ。これだって、私の家族の話に巻き込まないためにも内緒にした方がいいと思っていたけれど、話さないからこそ余計な心配をかけている。それに噂が本当だった場合、結局はミハエルに迷惑をかける可能性が高いのだ。

大丈夫。ミハエルは私の家族がどんな状態でも、それで嫌いになったりする人ではない。必要なのは私の勇気と覚悟だ。

「実は私の両親の困った噂が流れていると、この間のパーティーで聞きまして……」

「困った噂？」

「はい。私の母がバレリーノと父と二股したとか、父がバレリーノから母を略奪したとか……

その身内の恥になりそうなものでして。このままではミハエルの経歴に泥を塗りかねないと思い、まずは真相を調べようとお話を伺いに……。色々あって、まだ聞けていないのですが」

言葉を選びながら説明すると、ミハエルはため息をついた。それに対して、私はビクっと肩を揺らしてしまう。不安で体が硬直しそうになるが、そろりとミハエルの顔色を窺《うかが》った。

しかしミハエルはため息こそついたが、怒っているような顔でも嫌悪したような顔でもなかった。

「何度も言っているというか、これからも言うけれど、俺の顔とか経歴とか、公爵家の名前とか、そういうのは本当に気にしなくてもいいよ。俺にとって大切なのは、イーシャと過ごす未来だし、過去、ましてや実家の問題なんて些細《ささい》なことでしかない。それにね。結局のところ、それしか彼らはイーシャに対する嫌がらせの材料が見つけられなかったということでもあるしね。パーティーのイーシャは完璧だったということだよ」

そうなのだろうか。

どの女性も、私よりもずっと綺麗で、素晴らしい教養を持ったお姫様に見えた。もっとも私の隣にいたのが、その女性よりも美しいミハエルだったので、若干《じゃっかん》の諦めというか、どんぐりの背比べのむなしさを感じたのだけど。

「それからね、イーシャがご両親と少しぎくしゃくした関係だというのは知っているよ。だからこそ聞きにくかったんだね。でもこの噂に関しては直接両親にたずねた方がいい話だと思う。

俺はイーシャの両親が人に言えないようなことをするタイプだとは思えない。それにたとえどんな結果だったとしても、イーシャを嫌うことだけは絶対ないし、イーシャとご両親は別の人間だと分かっているから」

両親と深い話をするのは、正直苦手だ。拒絶されることはないと頭では分かっている。父にも母にも酷《ひど》いことは一度もされていない。それでも、両親が不快に感じるかもしれない話を切り出すのはかなり勇気がいる。私は【カラエフ伯爵家】の迷惑になってはいけないといつだって思ってきたから。

でも後ろでミハエルも一緒に構えてくれるなら、勇気を出せる気がした。

「分かりました。一度、両親に手紙を出してみたいと思います。……その、どんな結果になるとしても……」

「うん。一緒に受け止めるよ。その上で、対策を考えよう」

ミハエルの言葉に私は凄く救われた気持ちになる。神様扱いをするなと言われているけれど、やっぱりミハエルは私の神様だ。

でも前のように追いかけるだけの神様ではなく、一緒に手を繋いでくれる大切な人でもある。

「二人共大きくなったねぇ」

ミハエルと二人の世界を作り出してしまっていた私は、声をかけられ慌ててニキータさんの方を見る。彼の存在をすっかり忘れていたけれど、彼は微笑《ほほえ》まし気に私達を見ていた。逆にそれが恥ずかしいし、申し訳ない。

「イリーナはイヴァンとリーリヤのことが知りたかったんだね。詳《くわ》しくは彼らから聞くということで、折角だから若い二人に私の昔話をしてあげよう」

そう言って、ニキータさんはウインクした。彼は私よりずっと年上だが、とても魅力的な笑みを持った人だ。素直にカッコイイと思う。

「私はかつてこの劇場で踊っていたバレリーノだったんだ」

そう話しだしたニキータさんは懐《なつ》かしそうな顔をしていた。足を悪くしているので、今の彼は踊れない。でも穏やかな表情を見る限り、既にその葛藤《かっとう》は終わっているようだ。

「ただし私が踊り始めた時代はまだバレリーノはバレリーナの添え物的な扱いだったからね、あまりいい配役はもらえなかったんだ。いないと困るはずだけれど、でも重要視はされない。でもね、そんな中ずっと私のことを応援してくれる女性がいたんだ。彼女は私が出る公演はできるだけ見に来てくれて、周りにも宣伝してくれた。それが引き金になってね、私は脚光を浴びるようになったんだ。主役がバレリーナなのは変わらないけれど、いい配役をもらえるようになった」

バレエの歴史は詳しくないので申し訳ないが、彼が踊り始めたというのはたぶん二十年以上前の話だろう。私が三歳の頃に肩車をしてピルエットをしたと言っていたので、その頃も怪我なく踊っていただろうが……。

「それでね。これだけ献身的な愛を注いでくれたのだから、彼女は恋愛的な意味でも自分を愛してくれているに違いないと思ったわけさ。ちやほやされるようになったことで、ちょっと天狗になっていてね、そんなに好きならば結婚してやってもいいなんて思っていたぐらいだ。だから絶対断られるはずがないと思いながらプロポーズをした。その結果どうなったと思う？」

「ニキータさんは確か結婚してないよね？」

どうなったと思うと聞かれても、私にはさっぱり話の展開が読めなかった。代わりに私よりもニキータさんのことを知っているミハエルが逆にたずねる。

「そういうことだ。結果は玉砕。彼女は既に別の男からのプロポーズを受けていた。その上彼女からは、貴方のことは神様のように思っていると言われたよ。そして神だからこそ、たとえ今の彼氏より先に告白をされていたとしても結婚する気はないし、貴方にはもっと釣り合う相手がいると言われてね」

神様だから結婚をする気はない。もっと釣り合う相手がいる……。

何やら聞き覚えがあるようなフレーズに顔が若干引きつった。隣に座るミハエルも同様の微妙な表情をしている。なんだろう。この既視感《きしかん》。

「そしてその女性はね、イリーナのお母さんのリーリヤで、彼女に私より先に告白して了承を得たのは君のお父さんであるイヴァンさ」

「……それは、なんというか……えっと」

神様扱いで薄々気が付いてしまったが、本当にそうだったのか。

かつてないほどに私と母の血の繋がりを感じる。そしてまさかの母が信仰心を理由にふったという状況に、娘としてはなんと言っていいものなのか分からない。この信仰心、業《ごう》が深い。

「安心していいよ。もうこの恋には決着をつけていて、二人の結婚も祝福しているから。そうでなければ、イリーナを肩車してピルエットなんて踊れないだろう？　とにかく、私が知る限り、イリーナの母親は私のことを信仰していても二股なんてしていないし、イリーナの父親も略奪愛なんてしていない。ただ一人のバレリーノが支えられ、与えられることに慣れきって、支えようなんて発想を持たなかった故に、恋人の座に登る権利すら与えられなかったというだけさ」

なるほどというには、なんだか申し訳なくなる。どう考えても自分の母親が、振り回したような気がしてならない。その後もよくしてくれる、ニキータさんの懐《ふところ》の広さが凄い。

「困った顔をしているけれど、リーリヤのおかげで今の自分がいる。彼女がいなければ、私はバレリーノを続けなかったかもしれない。そして続けてなかったら、ここの支配人にもなっていなかった。それにね。私がいい役をもらえた裏側には、イヴァンの存在もあるんだ。彼が演出家の卵だったという話はしたよね。彼が裏で色々バレエの提案をしてくれていたんだよ。私には一言もそんなことを言わなかったから、全て人伝《ひとづて》に聞いただけだけど。だからイヴァンもまた、私の恩人であり親友なんだ。ただこの通り噂のバレリーノがいい男すぎたために目立って、勝手な噂が独り歩きしてしまったんだね」

　そう肩をすくめるニキータさんは確かに素敵な男性だった。二十年前ならば、ミハエル並みにモテたに違いない。それならば母と同じようにニキータさんを応援していた人達が、その恋愛劇を覚えていそうだ。

「話してくださって、ありがとうございます」

　少なくとも両親に噂について聞いても、悪い話にはならなさそうでほっとする。それと同時に、私は両親のことを本当に知らないんだなと再認識した。

　でも知らないなら知ればいい。私はちゃんと両親と向き合ってみようと思った。

◇◆◇◆◇◆

「イーシャ、ちょっといいかな？」

　ミハエルと一緒に屋敷に戻ってきた私は早速自室に戻り、両親に手紙を書こうと思っていたが、玄関のところでミハエルに呼び止められた。

「夕食を食べがてら、調査した内容のすり合わせをしたいんだけど」

「あっ。そうですね。じゃあ、食堂に行きましょうか」

　夜の部の公演後の食事時間は結構遅い。そのため軽く公演前につまみ、屋敷に戻ってきてからも胃に負担の少ない食事を提供してもらっていた。時間的に料理人の方にも申し訳なかったが、彼らは嫌な顔一つせずに用意してくれる。本当にありがたい。

両親に手紙を出すことで頭がいっぱいになっていたのですっかり食事のことを忘れていたけれど、折角用意してくださったものを食べない選択は、私にはない。

食堂へ移動すれば、早速スープとパンが用意された。パンは軽くトーストしてありいい匂いだし、スープはオクローシカと呼ばれるクワスを使った冷製スープだった。沢山動いたこともあり暑いので、冷たいスープにしてもらえたのは嬉しい心遣いだ。実家だったら料理をしてくれる使用人なんていないので、材料を切り、かまどに火をつけるところから始めなければいけない。

「――というわけで、俺の方で分かったのは正規と臨時ではあまり情報のやり取りが行われていないことと、調べるのはここだけではなく、斡旋《あっせん》場所であるバレエ学校も対象にしないといけないということぐらいかな。もしも不正に異国からのお金を受け取っているような人物がいたら、金づかいが給料以上になってくるだろうし。そうやってターゲットを絞って調べてみようかなと思っている。もちろんこっちは公爵家の方で人員を出すつもりだよ」

ミハエルが聞いた話は私が調べたものと大きく違いはなかった。しかしそこからバレエ学校も怪しいと判断し、どう調べていくかもちゃんと考えられているので、流石である。

「私の方も同じように正規と臨時ではあまり交流がされていないと裏方の人から聞いています。

ただ裏方もまたダンサーと交流があまりないので、彼らだけが知っている情報で何かあるかもしれないので引き続き聞き込みを続けようと思います」

　裏方の人も臨時の方との交流はほとんどないので、いい情報は持っていないかもしれない。それでも彼らはダンサーよりも在籍が長く、劇場のことはダンサーよりも知っていると思うのだ。ダンサーは踊りだけに特化し、掃除などもしないし、公演中は演技に集中する。しかし裏方の人はその間もせわしなく動き、劇場全体を見ていたりもするのだ。視点を変えることで、何か有益な情報が出てこないとも限らない。

「うん。イーシャは裏方の人にすっかり溶け込んでいるからね。そっちは任せてしまっていいかな？　俺は近づくと、その分距離を取られるような感じで、裏方の人には中々近づけなくてね」

　ミハエルはバレリーナ達にモテている。つまりはそんなミハエルと仲よくすると睨まれる可能性があるということだ。逃げ腰になるのも分からなくもない。

「任せてください」

「他には何もなかった？　些細なことで大丈夫だから、違和感があったら言ってね。ちゃんと俺も精査するから。勘違いだったとしても構わないし」

　何かあるだろうかと思ったところで、ふと、公演中のことを思い出す。……私の勘違いだとすると自意識過剰っぽくて恥ずかしい。しかしもしかしたらこれがとても重要なことに繋がる可能性もなきにしも非《あら》ずだ。

「……えっと、ただの勘違いの可能性も高いのですが、実は踊る前に何かに躓き転びそうになりました。平坦《へいたん》な場所なので、もしかしたら、誰かに足を引っかけられたのかも……。それから公演が終わった後に舌打ちもされました。ただ、着ぐるみだと視界が悪い上に音も聞き取りにくいため、誰かにされたとも言いきれない状況でして」

「よし。即刻、ローザヴィ劇場は潰そうか」

「冗談でもそういうのは止めてください」

ミハエルが言うと笑えない。公爵家の力があれば、本当に窮地に追い込めてしまえそうなのだ。

「冗談じゃなく、本気だよ？」

「なら、なおさら止めてください。この通り怪我はしていませんし、勘違いの可能性だってありますし、そんなことをされてもまったく嬉しくないので」

ニキータさんが支配人を務め、スザンナ先生がかつて踊った場所なのだ。私の勘違いではなかったとしても潰されるのは困る。

「でも俺はイーシャが怪我をするのは嫌なんだよ」

「もちろん怪我はしないように気を付けますが、調査をすると決めた時点で、怪我の覚悟はしています」

優雅に鑑賞に行くわけではないのだ。嫌がらせなどがなかったとしても、バレエには怪我が付き物。それぐらいの覚悟はできている。

「……イーシャ、結婚式まであとどれぐらいだっけ？」

「えっ。そうですね……一ヵ月ぐらいでしょうか？」

ちゃんと指折り数えてはいないけれど、たぶんそれぐらいだ。

「うん。その通り。正確には残り二十九日。もしも主役がこんな直前に怪我を負ってしまったらどうなると思う？」

どうやら私に響いていないと思ったらしいミハエルは作戦を変えてきたようだ。ミハエルの一世一代の日に、花嫁である私が怪我をしている……つまり。

「ミハエル一人で結婚式――」

「しないからね。なんで新郎だけが結婚式をするんだい?!　二人の結婚式でしょうが」

「でも、折角のミハエルの晴れ姿が――」

「だから、二人の晴れ姿。どちらかというと、本来の主役は新婦なの」

私が何かを言う度《たび》に、言わせまいとするかのようにミハエルが言葉をかぶせてくる。でも言われて初めて気が付いたんだもの。

そもそも私は、まさか結婚式を自分がすることになるとは生まれてこのかた想像もしてなかった。結婚式はどうしてもお金がかかってくるので教会で籍だけ入れて終わりかなと思っていたのだ。

それでもやるのはミハエルの結婚式だからだ。

「イーシャが俺の晴れ姿を楽しみにしてくれているのは十分分かっているよ」

「はい。ミハエルの結婚式の姿を一番近い位置で見られるなんて幸せです」

「うん。ちゃんと近くで見てくれてればいいんだ。ただしイーシャが怪我をしてしまって結婚式が新郎一人とか、罰ゲームだよね？」

「……はい」

常識的にはちゃんと分かってはいる。結婚式は二人を披露するもので、一人ではできないのだと。分かっているけれど、私は添え物気分だったので、いざ言われて動揺してしまった。

「罰ゲームを受けた俺を見たい？」

「駄目です、絶対！　分かりました。ミハエル様の名にかけて、えーと、少なくとも顔は死守します」

ミハエルが笑い者になるなどあってはならない。そのため私は、絶対結婚式で困る場所は怪我をしないと神の名に誓うが、ミハエルの顔は曇ったままだった。

「死守って、命はかけないでね。俺にとって大切なのは、結婚式ではなくその後のイーシャと歩んでいく未来なんだから」

ミハエルはスプーンを置くと、私の傍《そば》までやってきて手を握り跪《ひざまず》いた。

「もちろんイーシャと結婚式はしたいよ。無垢を表す純白のドレスに身を包んだ君はさながら妖精のような可憐《かれん》さだろう。とても可憐だけど、それだけではない強さを持つイーシャを抱き上げることのできる権利を手に入れられた俺は、きっと羨望《せんぼう》の眼差しを向けられるはずだ。そして――」

「待ってください。ちょ、えっ。本当に……恥ずかしいです」

「まだ語り足りないよ。俺はずっとイーシャと結婚するのを夢見てきたんだから。もしも結婚式を挙げることができなかったら――すっごく悔しいし、悲しい。でもイーシャの方が大切だよ。君との結婚式だから、俺はとても心待ちにしているんだ」

心臓が飛び出てしまうのではないかと思うぐらいドキドキしている。

ミハエルがこんなに結婚式をしたいと思っていたなんて知らなかった。ミハエルが何かに執着する姿など、長年ミハエルを追いかけてきた私ですら、一度も見たことがない。

でもそれだけ心待ちにしていたのに、私の方が大事だと言われると、心がギュッと締め付けられる。胸の奥から温かい気持ちがあふれて、どう言っていいのか分からない。

「だからこそ、この調査を早く終わらせないとだね。本当にこのタイミングで調査をお願いしてくる王太子はどうかしているよ。こっちは目前にまで迫った結婚式の準備で忙しいというのに」

「でも、もう準備はほとんど終わっているような……」

招待客への案内やドレス選び、楽団の手配や食事や引き出物の手配等のもろもろの手配は既に終わっていると思う。先日ドレスの最終調整も終わり、後は本番だけだと思っていたけれど、何かやり忘れがあっただろうか？

「もちろん不備があってはいけないからね。結婚式を行う公爵家の庭の調整から、使用人の動き、全て完了している。でもそれでも念入りに確認したいし、イーシャとの仲だって深めたい。本当はもっとイーシャとデートだってしたいし、結婚前にやりたいことなんて、いくらでもあるんだよ」

「えっと、デートに関しては結婚してからでも大丈夫ですし、調査する関係で沢山の時間を共有しているような？」

「仕事とプライベートは別だよ。全然違う。もちろんイーシャと仕事ができるのは大歓迎だけどね。これはこれ。それによく考えて。結婚していないイーシャとデートできるのは、今しかないんだ。そのイーシャの部分を俺に置き換えて考えてみて」

結婚していないミハエルとデートできるのは今しかない。

……はっ⁈　なんということだろう。確かにそうだ。今この瞬間のミハエルは、今この瞬間しかいないのだ。明日のミハエル様も素敵だけれど、それとこれとは話が違う。

「そうですね。一日一日が大切なんですね」

今日のミハエル様を心の目に焼き写し、明日のミハエル様はまた明日ちゃんと心の目に焼き写す。一日一日、その尊さを噛《か》みしめなければ。

「そういうことだよ。だから、一刻も早くこの調査は終わらせてしまおう。イーシャが無駄に傷つく可能性も減らせるしね」

「はい！」

私は元気よく返事をしたが、寝る前になってふと我に返った。……あれ？　そもそもなんの話をしていたんだったかと。

とりあえずミハエルの一日一日はとても尊いので、写真に収められるよう、写真機についても調査すればいいんだよねと思いつつ、そのまま眠りにつくのだった。

　ニキータさんの過去の話を聞いた後、ちゃんと両親からも話を聞くと決めたが、両親に会いに行くにはカラエフ領は物理的に遠すぎた。バーリン領のように思い立ったから行こうと簡単に実行できる距離ではないのだ。そもそも今は潜入調査中で、王都を離れている場合でもない。

　そのため私は手紙を送ることにした。夏なので雪に阻《はば》まれることもないし、今頃無事に届いているはずだ。たぶん次に両親に会うのは結婚式だろう。

　結婚式直前に話すには色々精神的に辛《つら》いので、できれば手紙で事前に答えを返信して欲しいけれど……どうなるだろう。両親だって暇《ひま》ではない。もう後はなるようになれとしか言えなかった。

「イリーナ、貴方本当に凄《すご》いわね」

「まさかこんなに勝ち続けるなんて」

「うんうん。神がかってる」

　クルクルと回る足を止めると、カトリーヌやその友人達が若干《じゃっかん》興奮気味な様子で近づいて来た。

「ピルエット勝負でごぼう抜きしているんだから、凄いに決まっているじゃない。私の国でも貴方ほど体力があるバレリーナは中々いないわ」

「そうですか？」

　基礎練習後に少しだけ遊びでピルエット勝負をして、ひたすら回転していたがとりあえず勝利をもらっていた。

　最初こそ裏方の人しか中々話せなかったが、日にちが経《た》つにつれ、ダンサーの人からも実力を認めてもらえ、声をかけられるようになった。臨時、正規どちらからも声をかけられるようになったのは大きな収穫だと思う。どうやら私が、異国のバレエを尊敬しているという噂《うわさ》が回っているらしく、元々社交的なカトリーヌを筆頭に臨時の方も皆好意的だ。たぶん裏方の人が衣裳《いしょう》合わせの時などに話を流してくれたのだろう。自国を褒《ほ》められて悪い気がする人は少ない。

「私の容姿は十人並みなので、努力した部分を褒められるのは嬉《うれ》しいです」

「十人並みって……。確かにとりわけ目立つ外見ではないけれど、イリーナは十分可愛《かわい》いわ。私は好きよ」

「ありがとうございます。カトリーヌはとても綺麗《きれい》な金髪と瞳ですよね。羨《うらや》ましいです」

　カトリーヌは金髪に緑の瞳をしていて、人形のように整った顔立ちをしている。正直臨時のバレリーナでなければプリマの座を射止めてもおかしくないような外見だ。

　そんな彼女は、私とは別の公演にただのバレリーナとして出演している。基礎練習は一緒だが、舞台稽古は別なので、ちゃんと踊っているところは見たことがないけれど、基礎練習の時の姿は綺麗だ。

　カトリーヌは嬉しそうに笑うと、バンバンと背中を叩《たた》いた。

「もう。上手なんだから。私も自分の容姿、気に入っているの。でもイリーナが可愛いというのも本当よ。着ぐるみで顔が見えなくなるのは残念だと思うわ。どうしてこの役を志願したの？　イリーナだったらもっといい役ももらえるんじゃない？」

「志願したというよりは、偶然神形《みかたち》役の方が怪我《けが》をされて代役がいないという話のところに居合わせまして。その時たまたま同席されていたスザンナ先生が、一度王都の劇場でも踊ってみないかと誘ってくださったんです。とてもいい経験ができたと思っているので、私は満足です」

「スザンナ先生って、凄いバレリーナだったって聞いているよ。その彼女がわざわざ推薦するということは、やっぱりイリーナは凄いんだよ」

　初めから決めていた私がこの役をやる理由を話せば、カトリーヌだけではなく、周りのダンサーも好意的な顔をしてくれた。

「顔が隠れる役なんて誰もやりたがらないから、役をもらえただけじゃないの？」

　和気あいあいとしていたところに少しだけ嫌味を含んだような声が飛んでくる。

仲よくなってきたが、やはり全員から好意的に扱われるというのは難しい。その中でもとりわけ表面上も敵対視してくるグループがあった。それが現プリマであるゾーヤ率いる【ミハエル様を愛し隊《あいしたい》】の面々だ。ちなみにこの名前は私が勝手に名付けた。とにかくミハエルを本気で狙っているのかなと思う人達から、嫌味などを言われることが多い。私は公演が終わればすぐにいなくなる人間だが、それはミハエルも同じなので、この間に私から恋人の座を奪おうとしているのかもしれない。調査的には面倒なことになったなと思う。

というのも、私がもしも怪我をしたとしてもミハエルを愛してしまったが故の嫌がらせなのか、それとも役柄のせいなのかが分かりにくいためだ。実際、偶然かは分からないが、着ぐるみ姿の時に後ろから大道具が倒れてきたり、気づくと何かに躓《つまず》いたりするなどの事故も起こっている。

初めこそ少し怖かったが、そのうちこの状況にも慣れた。ミハエルと怪我をしない約束もしているので、こうなったら徹底的に危険を排除して、逆に相手への嫌がらせになるぐらい全部の罠《わな》を避けようと思っている。

そんなわけで手始めに、化粧品などは自前の物を支配人室に置かせてもらい、異物混入なども気を付けるようにしていた。硫酸などの劇物を化粧水などに入れられたらたまらないとニキータさんにお願いすると、彼は快く引き受けてくれた。逆にミハエルは硫酸という言葉にドン引きしていたけれど、こういう女性の世界は足の引っ張り合いがあると聞いたことがある。

ニキータさんも自衛できるところはした方がいいと賛成だったので、心配しすぎるぐらいで丁《ちょう》度《ど》いい。

「でもあの踊りはイリーナだからできるものだよ。俺は彼女の踊りを愛している。顔が見えなくても美しいと思わないかい?」

「あら、イリーナのナイトのお出ましね」

そして私が積極的に自衛するようになると、より一層ミハエルが過保護になった。こうやって【ミハエル様を愛し隊】と一触即発なギスギスした空気が出ると、率先して助けに入ってくれる。正直過保護すぎて周りからは【イリーナのナイト】だと揶《や》揄《ゆ》されていた。調査的に大丈夫なのだろうかと思わなくもないがミハエルは気にした様子がない。むしろノリノリだ……うん。そういえばミハエルはそういう性格だった。

ただしミハエルが過保護になればなるほど、一部からの嫌がらせも過熱するのが頭痛のタネだ。もっと平和的になれないものだろうかと思うが、国家試験、入団試験、公演の配役を決めるためのオーディションと争い続けてきた猛《も》者《さ》達だ。泣き寝入りなんてしないし、とにかく積極的。私もミハエルを譲ることだけはできないので、和解策は見つからない。

「確かに、地方のバレリーナとしてはそこそこ踊れるようね」

そう言ってきたのは、プリマであるゾーヤだ。そこそこという言い方だと下手ではないが上手でもないと言われているようなものだが、プリマ相手なら納得だ。そもそも本職ではない。

そう考えれば逆に褒められているのではないだろうか。

「でもそれは着ぐるみを着ての表現だからよ。彼女の身体能力だけは認めるわ。でも着ぐるみを着なければ彼女は神形を表現しきれないはずよ」

「確かに」

「えっ。イリーナ?!」

私があっさり同意したせいで、カトリーヌがギョッとした顔をして私を見た。

でもゾーヤに言われなくても、表現力が劣っているのは十分理解している。私が得意なのは、振りうつし。言われた動作を短時間で記憶し、同じように体を動かすことは得意だ。でもあくまでそこまで。それ以上の話になると、全然だ。この先もバレリーナを続けるのならば、克服しなければいけない課題ともいえる。

「……簡単に同意するけど、貴方には向上心がないの？」

「ないわけではないですけど、自分ができていないことは理解しています」

情報収集が主な目的であって、プリマを目指しているわけではない。申し訳ないが、この公演の間の私の演技はここ止まりで終わるだろう。それは本職からしたら許せないかもしれない。

「そんな状態なのに自分磨きもせず、男に庇《かば》われて、恥ずかしくないの？　貴方、ボーバの代役なんでしょ」

「それは論点がずれていないかい？　イリーナは努力しているし、イリーナの実力と俺は関係なくないかな？　そもそも彼女も俺もあくまで一時的にこの劇場に力を貸しているにすぎない。この公演が終われば出ていく立場だ。君のお眼鏡にかなわなかったのは残念だけれど、君に非難されるいわれはないと思うけれど？」

「そうね。でもミハエルの役とイリーナの役は違うわ。そしてミハエルは技術が足りなくても美しいわ」

さりげなくミハエルも貶《けな》しているけれど、技術が足りないのは……まあ、仕方がない。そしてそれでも美しいのも納得だ。ミハエルはいるだけで花がある。

「貴方はそんな状態でミハエルに釣り合っていると思うの？」

「そんなこと――」

「ミハエル。彼女は私に話しているので、任せてもらえますか？」

ミハエルは私を庇おうとしてくれるが、ゾーヤは私がミハエルに庇われ一歩後ろにいるのは気に入らないようだ。

だとしたら、ミハエルが受け答えしても解決しないだろう。私が考えて、私の口で伝えなければ。

「ゾーヤさんの仰《おっしゃ》る通り、釣り合っているかどうかと言われれば釣り合っていないと思います。彼は神ですから」

「そう、神なの――えっ？　神？」

間違えた。神のような人だった。

　ゾーヤの目がいぶかし気なものになり、ミハエルからも非難がましい目を向けられた。でも許して欲しい。ちゃんとミハエルが神様ではないということは理解している。とっさに出てしまっただけだ。

「でも釣り合うように努力はしています。彼の隣にいてもいいと、私が思えるように。もちろん、まだまだな部分も多いですけれど」

「ふーん。だったら、ミハエルをかけて勝負する？」

「お断りします」

「えっ、イリーナ、断るの？」

　ミハエルが残念そうな顔をした。いや、なんでそんな残念そうなんですか。プリマ相手じゃ、流石《さすが》に負けますから。勝負がバレエでなく、剣や銃による決闘だったら勝算はあるけれど、どう考えてもここでやる勝負がバレエ以外になるとは思えない。

「やる前から怖《お》じ気《け》づいたの？」

「そうです。私では勝てません。でもそもそも、私はどんな勝負でも、ミハエルをかけるつもりはありません。バレエが素晴らしいことと、ミハエルとの仲のよさは関係ありませんし。まあ、ミハエル様クイズの勝負だったら優勝できる……いえ、なんでもないです。とにかく、ミハエルの気持ちを無視して賞品のように扱うというのが気に入りません」

ミハエルについてどれだけ深く知っているかを競い合うなら、ミハエルとの仲のよさと比例しそうな気もしなくもないが、身分を詐称《さしょう》してここに潜入しているのだからやるべきではない。それにミハエルの通った学校を答えるぐらいなら許されそうだけど、夜会で着た歴代の服とか話し始めたら、ミハエルにも引かれそうだなと思う程度の常識はまだ残っている。

そして私がそんなマニアックな情報を脳内で反芻《はんすう》していると知らないミハエルは、何故か乙女のような顔で頬を紅潮させ、私を見つめていた。目がキラキラしている。

「ううう、イーシャ愛しているよ!!」

ミハエルは私に抱き付いた。そんなミハエルの頭をポンポンと私は叩く。

「はい。私も愛しています。というわけでもう少し黙ってください。話を戻《もど》しますが、私は勝負する気はありません」

「上手く言っているけれど、ただ負けたくないからでしょ」

「そうです。私より貴方の方が美しいんですから。バレエのセンスも、見目も、バレエに関する教養も敵《かな》いません」

「馬鹿にしているの?!」

ゾーヤは大きな声を上げると、眉を吊《つ》り上げ、怒りで顔を赤くした。

私の言葉の何かが彼女の逆鱗《げきりん》に触れたみたいだ。怒らせるつもりはなかったのだけど、神に愛されたミハエルを景品にするような発言に、私もキツイ言い回しをしてしまったかもしれな

い。それは仕方がないとして、どうするべきか。

振りあげられた手を見て、避《よ》けるべきか叩かれるべきか私は真剣に悩んだ。痛いのは嫌だが、それで彼女の気が収まるのならという思いもある。ただここで叩かれたらミハエルは気にするだろうし、引っ掻《か》き傷ができるかもしれない。うーん。顔の引っ掻き傷が結婚式までに治らなくても問題だ。公爵家の化粧術で隠せるだろうか？

またこれにより、ミハエルがゾーヤにやり返さないとは言いきれない。

「ゾーヤ、やめろよ。やりすぎだ」

私がジッとゾーヤを見ながら考えを巡らせていると、他の団員が彼女の手を握った。

「そうそう。カッカしすぎだって。ゾーヤの目指すバレエのレベルが高いのは知っているけど、商売道具を傷つけるのは駄目《だめ》だ。たとえ顔が隠れる役だとしてもね」

周りの団員がとりなすと、ゾーヤは手を下ろした。ムッとした顔をしているが、バレエへのプライドが高いらしい彼女は叩くのはよくないと思ったようだ。

そう思うと、叩かれれば気が収まるかなんて考えたのは失礼だったかもしれない。しかし謝ったり話し合ったりする時間もなく、舞台稽古が始まってしまった。

ゾーヤは先ほどの怒りを綺麗に隠して踊る。流石としか言いようがない。さっきまで怒っていたと思えない慈愛に満ちた踊りだ。

その姿は練習着だけれどとても美しく、彼女が表現したいものは、たぶん私が想像するよりももっと高いものなのだろうと思わせた。だとすると、平凡なくせに高みを目指さず現状で満足して踊っている私は、彼女の癇《かん》に障《さわ》るのも仕方がないことのように思える。

それに関しては、口に出すことはできないけれど申し訳ないなと思いつつも、いつも通り稽古を終えた私は衣裳作成を手伝う。今日は私の刺繍《ししゅう》技術を見込まれ、服への刺繍付けだ。ジャケットにチクチクと刺繍を入れていると、クラーラ以外の人にも囲まれた。

「プリマと喧嘩《けんか》したんですって?!　イリーナって度胸あるよね」

「その話でもちきりなんだけど、本当なの？」

「あー……本当です」

喧嘩したというか、一方的に敵意を向けられたというか。でも私も殴られたら終われるかなと思ったりもしたので、やっぱりあれは喧嘩だったのだろう。

私の返答に、裏方の人達は色めき立った。

「ゾーヤに意見をはっきり言えるとか凄いわ」

「本当だよ。私、ダンサーってだけでも、中々意見言えないのに」

「えっと。お忘れかもしれませんが、私も一応ダンサーなんですけど……」

「イリーナは、別枠だよ。もう私達の仲間だと思っているし」

裏方の人達は悪気なく言っているが、つまりダンサーは自分達の仲間ではないと言っているようなものだ。同じ職場で働いているけれど、同じではない。部外者からすれば、最終的にどちらも最高の舞台を目指しているという目的は同じだと思うのだけれど……まあ、部外者だからこそそう思うのだろう。お屋敷で使用人をしていた時だって、派閥というものは存在した。どちらが悪いというわけでもない。

「皆イリーナみたいに気さくだったらいいんだけどね。私達のこと、雑用を押し付ける奴隷か何かだと勘違いしている人も多いし」

「そうそう。確かにダンサーがいなければ舞台はできないわよ。でもねぇ。私達がいなければ穴あきで体格に合っていない衣裳で踊ることになるのよ？」

持ちつ持たれつというのが正しいのだけれど、やはりダンサーがいなければという部分が力関係に影響しているようだ。そしてその力関係の差が大きすぎて、不平不満も溜《た》まっているのだろう。

「そんな中、ゾーヤに意見するとか、本当にイリーナは凄い」

「しかもあっちから喧嘩を吹っ掛けてきたのに、意見は言っても受け流していたんだろう？」

「彼女、本当にキツイのよね。むちゃくちゃな要望もしょっちゅうするし」

「そうそう。特に最近、さらにイライラしていて、こっちにも当たってくるしさ」

確かに口調はキツめだったかなと思わなくもない。

ただし彼らに強く当たっている場面には出くわしていないので、なんとも言えない。それに私に対して文句を言ってきたのは、結局のところ、もっとこの劇場をよくしたいという表れな気がする。彼女は自分にも人にも厳しいタイプではないだろうか。今までの職場にも、そういう人はいた。

「最近なんですか？　彼女がイライラしているのは」

「ええ。異国の人が踊るのが気に入らないのかしらね。辞められては困るから強くは当たらないようだけど、臨時の人が多い舞台ほどピリピリしているし。まあ異国人は何かあっても母国に帰るだけだから、舞台のできをそこまで気にしてないのが嫌なのかも」

「えっと、すみません」

私もその臨時の一人なので、なんと言えばいいのか分からず謝れば、皆キョトンとした顔をした後、慌《あわ》てたように否定してきた。

「違う違う。ごめんね。なんだかイリーナはずっとここにいるような気がしてしまって。私達だって、なんだかんだ言っても結局はダンサーを尊敬しているの。もちろんイリーナのことも尊敬しているわ。手抜きをしているなんて思っていないわよ」

「そうそう。着ぐるみであの動きをやれと言われたって絶対無理だし。逆にあれで手抜きだったら恐ろしいわよ。だからね、イリーナに嫌味を言いたいとかではないの」

「結局のところ、私達も待遇の差の理由は分かっているのよ。素晴らしいダンサーは代わりがいないから」

「あっ、そういえば、ボーバが怪我をした時から機嫌が悪いのが酷《ひど》くなってない？　ボーバは古株だから、彼女も頼りにしていただろうし」

　失言してしまったと思ったらしい彼女達は、必死に私を持ち上げた上で、違う話題を持ち出した。

　ボーバは確か、私の前に着ぐるみの役をやっていた人だったはずだ。火傷《やけど》を負った過去を持つ男性だと聞いている。

「なら丁度、私達が入ってきてからということですね」

　私達というより、私がというか。

　私があの日突然舞台に立つことになったのは、前任者が劇場に来る途中で怪我をしたために公演が中止になりかけたからだ。ということは、ゾーヤがピリピリし始めたのはあの日からということになる。

「それより少し前よ。イリーナの前任者が練習している時、既《すで》にイライラマックスだったもの」

「ん？　ボーバさんがいた時からイライラしていたんですか？」

「違うって。だからイリーナの前任が練習している時からだってば」

　あれ？

　意見の食い違いに私は首をかしげた。何かがおかしい。

「待ってください。私の前に踊っていた方は、ボーバさんと呼ばれている方なんですよね？」

「間違ってはいないけれど、正確にはボーバは前の前よ。本番をという意味では、確かにボーバの後任ということで間違いないけれど。イリーナの前任……名前は何だったかしら？　とにかく異国人の彼は、練習だけで、本番は結局一度も踊ることがなかったのよね」

どうやら私は勘違いをしていたようだ。

私は舞台で着ぐるみを着て踊っていた人の話をクラーラに聞いただけで、前任者の話としては聞いていなかった。私とボーバさんの間にはもう一人ダンサーがいたらしい。

私は自分の思い違いに顔をしかめそうになったが、寸前で取り繕《つくろ》う。私が情報を収集しているということは内緒だ。

とにかくもう少し詳《くわ》しく聞かなければと、あまり顔色を変えないように気を付けながら相槌《あいづち》を打つ。

「そうだったんですね。勝手に勘違いしていました。前任者はどういう方だったんです？」

「どんな顔だったかしら？」

私の質問に一人のお針子が首をかしげ、困った様子で同僚の顔を見た。

「ええっと。男だったのは分かるけど……うーん。駄目だ。でも私だけじゃなくて、たぶん誰も顔を覚えてないんじゃない？　ここにいた期間も短かったし、異国人の中でも特に変わり者だったから。どうしても顔を見せたくないらしくて、基礎練習中から着ぐるみを着ていたのよ」

「そうだった、そうだった。私は基礎練習をサボることがよくあったことの方が驚きだったけどね。後はこの国の言葉が苦手なのか、言葉数も少なくて名前すら思い出せないわ」

「異国人だからか本当に変わった人だったわね。休憩《きゅうけい》時間もいつの間にかどこかに行ってしまっていたし。でもボーバの踊りって、誰でも踊れるような生易しいものではなかったから、短期間で覚えてもらうのもあって、皆割り切っていたわね。彼とはこの舞台だけだって」

「私は苦手だったから、ボーバのありがたさを、しみじみと感じたわよ。ボーバは火傷を負っていたけれど、ちゃんと基礎練習では顔を出していたし、周りへの気づかいも素晴らしいし。ゾーヤもボーバには敬意を払っていたわよね」

どうやらボーバの身体能力などが優れているのは間違いないが、それ以上にこのバレエ団のまとめ役のような立場だったようだ。

そういえば、ボーバはボリスラフの略称だ。ダンサーと裏方はギスギスした関係なのに、裏方の人まで略称で呼ぶということは、それなりに仲がいいということ。もしかしたら、ゾーヤはプリマとして、まとめ役がいなくなってしまったバレエ団に焦《あせ》りを覚えてイライラしているのかもしれない。

彼女の性格からみて、自分の技術を磨くことは得意でも、まとめ役などには向いていなさそうだ。既に裏方からは反発ばかりが出ているわけだし。

「イリーナが突然代打で踊ることになって着ぐるみのサイズ調整している時は最悪だって思っ

たけど、今思うとイリーナでよかったわ。あんな異国人に踊られたら、ローザヴィ劇場の名が泣くもの」

相当態度に問題があったらしい幻の前任者の話に、私は嫌な汗が出る。

誰にも顔を見せなかった前任者。舞台稽古も最低限で言葉数も少なく、基本どこかに行っていた異国人。ただのルーズな人だったという可能性がないとは言えない。ないとは言えないけれど……これはミハエルに知らせた方がいい話な気がする。

「ごめんなさい。あの、ちょっと用事を思い出したもので、席を外したいんですけど」

「ううん。いいよ、行っておいで。元々これはイリーナの仕事じゃないんだし」

「そうそう。私達の腕も中々なんだから。イリーナに全部やられてしまったら、私達の立つ瀬がないわ」

請け負った刺繍が中途半端なので謝ると、皆笑顔で許してくれた。

「こっちの手伝いはほどほどでいいんだよ。イリーナの踊りが私達をやる気にしてくれるんだから、本業の方をしっかりね！」

「はい」

私は頷《うなず》くと、ミハエルを探しに小走りで移動した。

◇◆◇◆◇◆

「すみません、ミハエルを見ていませんか？」

練習室近くにいた人にたずねた時は知らないとのことだったので、今度は休憩室を覗《のぞ》き、たずねた。

休憩室には異国のダンサー達が多く集まっていて、異国語の会話が飛び交っている。そのせいで確かにこの国とは若干空気が違う。顔かたちが大きく違うわけではないけれど、異国語が飛び交うだけで、入りにくい雰囲気になっている。

「確か用事があると言って、外に出て行ったよ」

「ありがとうございます」

ミハエルが出ていくところを見ていたらしい人が答えてくれたが、劇場内にいないということにがっくりとくる。でもミハエルの仕事は、調査だけではない。武官の討伐部の仕事だってあるだろう。休憩時間に何か指示を出しに行くのはなんらおかしくない。

むしろミハエルがどうしても調査できない部分を手伝うのが私の仕事だ。いない間に、もう少し情報を得ておこう。怪我を負った異国人がどこにいるのか確認をとっておけば、ミハエルの手間も少し省かれるはずだ。

となればこちらの事情を知っている、ニキータさんを巻き込むべきか。

私は思い立ったが吉日と、休憩室から支配人室へと走る。

「すみません。お伺いしたいことがありまして、少しお時間いただけますか？」

「大丈夫だよ」

少し息を切らし私がたずねると、書類に何やら記入をしていたらしいニキータさんは手を止め事務机からソファーの方へ移動した。

「何か困ったことがあったのかい？　誰かに苛《いじ》められた？　もしもそうなら、苛め返してあげよう」

「いえ。そういうのはないですから」

冗談なのか本気なのか分かりにくいけれど、支配人に苛め返されたら確実にそのダンサーは終わりを迎えそうだ。たとえ苛められたとしても、ミハエル並みに言う気にはなれない相手だ。

「ならどうしたんだい？」

「あの、私の前任者はボーバさんと呼ばれている方だと思っていたのですけど、さっきボーバさんと私の間に異国の方がいたと聞きまして」

「ああ。そう言われると、そうだね。結局異国人の彼、ハンス・シュミットは踊ることはなかったけどね。元々この演目はボーバ——ボリスラフが踊る予定で組まれていたんだ。でも公演前に怪我をしてしまってね。違う演目にしようかという話もあったが、バレエ学校から着ぐるみの役を踊れる人がいるから是非と言われてね。ボリスラフも自分のせいで演目を変えるのは申し訳ないと言っていたから、ボリスラフの怪我が治るまでの間、ハンスには代役をお願いすることにしたんだ。結局公演当日に怪我をしてしまって慌てることになったんだけどね」

あの演目は呪われているのかと思ったよと、ニキータさんはカラカラと笑った。笑いごとではないが、確かに公演前に二回も降板されたら呪われているのかと言いたくもなる。

「ハンスさんは、今はどうされているんですか？」

「運悪く馬車と接触事故を起こして足をやってしまって、当分踊ることは難しいから、既に帰国したと聞いたような……。基本的に役者手配は舞台演出家が中心になっていて、私に対しては事後報告が多いんだよ。あの日わざわざ演出家が私の部屋を訪ねてきたのは、どうにもならないレベルの直前だったからだね。休演にするかどうかの決定権は私だから」

なるほど。演出家は支配人の部屋に飛び込んできた時、既に公演を諦《あきら》めた状態だったのか。

そういえば今からでは間に合わないようなことを言っていた。異国人の手配を演出家が行っているならばそちらに聞いた方が早いかもしれない。しかし演出家は、私とミハエルがローザヴィ劇場での異国人の割合が多くなっている原因を調査していることは知らない。もしもこの部分に関わりがあった場合、下手に聞くのは悪手《あくしゅ》となる可能性が高い。

「そもそもボリスラフとイリーナの間に別の人間がいたことを知っている人も少ないんじゃないかな？　イリーナはどこで聞いたんだい？」

「聞いたのは、衣裳係の方なのですが……」

知っている人も少ないということに違和感を感じつつも、私はたずねるきっかけになった人の話をする。

「なるほど。それなら知っているね。衣裳係にはサイズを変更するために頑張ってもらっていたから。正直イリーナが引き受けてくれなかったらあの演目はお蔵入りになっていたと思うよ。それぐらい着ぐるみで踊るというのは大変だからね。ハンスも公演までの期間が短かったから早く慣れるために基礎練習の時から着ぐるみを着ていたよ。普通に踊るのとはわけが違うし、ボリスラフの身体能力は人よりかなり優れていたからね」

「異国では着ぐるみは着ないものなのですか？」

「着ないね。そもそもこの国だって、普通は着ない。ボリスラフの才能を消さないために作った役と言っていい」

練習の間から着ぐるみを着ていたというのは、もしかしたら、そうしなければ踊れないからだろうか。顔を隠すためなのか、それとも必要があってなのか……分かりにくい。でも、私には顔を出さないための言い訳に聞こえる。

確かに着ぐるみは視界が悪くなるし、体も重くなるし、とにかく暑いので踊りにくい。だから体を慣らすために着る機会を増やすのは分かるけれど、常に着ているのも辛いと思う。

「まあ慣れるためとは言ったけれど、彼もボーバと同じで顔に傷を負っていたそうでね。しかも怪我を負って間もなかったらしくて、ボーバ以上に気難しい性格だったよ。前の劇団は顔の傷の関係で追い出されて、異国まで来たらしい。人に顔を見せるのはどうしても嫌だということで、ハンスには共同の更衣室以外で着替えをするのを許可したよ」

「えっ。更衣室以外ですか⁈　それはかなりの特別待遇ですよね？」

プリマですら、更衣室は共同だ。シャワー利用の優先順位が先になるなどの優遇はあるけれど、別室はない。……他のダンサー達に睨《にら》まれそうだ。

「そうだね。でもボリスラフの代わりができるのは彼しかいなかったから、許したんだ。短期間で振りうつし可能で、ボリスラフと同等の身体能力を持っているダンサーは、本当に稀《まれ》なんだ。それに怪我で踊れなくなったという話を聞くと、私も同情してしまってね」

そういえば、ニキータさんも足を怪我したせいで踊れなくなったバレリーノだった。ボーバさんの着ぐるみもニキータさんが提案したというし、顔に傷があるために踊れなくなった異国人に同情するのも仕方がないだろう。

でも同時に、ニキータさんが怪我を理由に踊れなくなったダンサーにやさしいという情報を知っていれば、あえてそう振るまい、我儘《わがまま》を通すことも可能ということだ。

「準備期間が一週間なんて、異例すぎて、特別扱いも致し方ないんだけどね」

「えっ。一週間って短いんですか？」

私はぽかんとしてニキータさんを凝視《ぎょうし》した。

「ああ。イリーナからすると不思議かもしれないけれど、普通は当日に振りうつしして踊るなんて無理だからねぇ」

「……普通じゃないことをやらせたんですか？」

若干そんな気はしましたけど。

私はついジト目で見てしまう。

次の公演まで、何度も繰り返し練習している姿を見てきたため、当日に振りうつして本番行ってみようっておかしくない？　と最近薄々気が付いてはいたけれど。

「まあまあ。できたんだからいいじゃないか。でも普通はできないから、ボリスラフの後に練習していたのはイリーナだったと思っている人も多いんじゃないかな？　練習時間がほぼない状態で、短くしたとはいえ、完璧《かんぺき》に踊っていたからね」

……後から知らされる事実の方が、私とボリスラフさんの間にいた異国人の事実よりも衝撃が大きい。

スザンナ先生、ちょっと、どういうことですか?!　と言いたい。普通を知らないというのは恐ろしいものだ。スザンナ先生はまだしも、ニキータさんも演出家の方も、よくやろうという気になったと思う。休演を避けたかったのは分かるけれど。

「でも前の人は男性なんですよね？　いくら顔を見たことがないとしても、流石に交代したって分かりませんか？」

「うーん。どうだろう。後任の彼はボリスラフより小柄だったたし、言葉が不自由だったみたいでほとんど話さなかったんだ。だから声を聞いたことがない人も多かったと思うよ。着ぐるみ姿だと体型なんて分からないし」

練習もさぼりがちで、出てきても着ぐるみを着ているために、顔が見えない。その上、声も分からない。

流石に一緒の舞台に立って舞台稽古をしている人や、着ぐるみの大きさを変更してくれていた裏方の人は分かるだろう。でも同じ舞台に立たない人だと、私が異例すぎて、勘違いが起きても仕方がないかもしれない。

「とにかく、ボリスラフの代わりは、本当に見つかりにくいんだ。でもようやくボリスラフの足の捻挫《ねんざ》が治ったそうだよ。彼は踊りだけじゃなくて、何かと中心的存在でダンサーからも裏方の人間からも慕われていたから、帰ってきてもらわないと困るからよかったよ」

「えっ⁈　治ったんですか？　だとしたら、すぐに代わった方がいいですよね」

「それはイリーナのタイミングでいいよ。ボリスラフはこれまで休みがほとんどなかったから、この公演の期間ぐらいはゆっくり療養してもらっても構わないしね」

着ぐるみ役が彼だけだとすれば、確かに休む暇もなかっただろう。

でもボーバさんがダンサーと裏方の緩和剤のような方なら、公演の質云々《うんぬん》ではなくても、早めに戻ってきて欲しいはずだ。プリマであるゾーヤがイライラしているのだって、ここに理由がありそうだし、裏方の方もそのイライラをぶつけられて大変そうだ。

……ミハエルに相談かな。

そんなことを思っていると、ドアがノックされた。

「失礼します。イリーナ、ミハエルをさっき探していたわよね。帰ってきたから、伝えに来たよ」

「ありがとうございます、カトリーヌ」

先ほどの休憩室にカトリーヌもいたらしい。わざわざ呼びに来てくれたようだ。

「ニキータさん、お時間ありがとうございました」

「いいよ。イリーナはいつだって大歓迎だからね」

私がソファーから立ち上がると、ニキータさんはやさしい笑顔で手を振ってくれる。廊下に出ればカトリーヌがわざわざ待っていてくれた。

「お待たせしました。それで、ミハエルはどちらにいますか？」

「案内するわ」

そう言って歩き出す彼女の後ろを私は追いかける。カトリーヌは流暢《りゅうちょう》にこちらの言葉を話すが、それでも第一言語ではない。そのため説明するよりも案内した方が早いのだろう。

でも……ミハエルはどうして支配人室に来なかったのだろう。私が探していると伝えれば、仕事のことだと気が付き優先してくれそうな気がする。

「ミハエルは何かをやっているのですか？」

「ちょっとね」

カトリーヌは振り返らずに進む。

支配人室に直接来ることなくミハエルがやることってなんだろう。……そもそもそんなものはあるのだろうか。

「カトリーヌ？」

「ごめん。一緒に来てくれない？」

何かがおかしいと思い足を止めれば、申し訳なさそうな顔をしてカトリーヌが振り返った。これはミハエルが帰ってきたというのは嘘《うそ》かもしれない。

「……いいですよ」

カトリーヌが嘘をついて私を呼びに来る理由は何か。

彼女について行けば、だんだん人気《ひとけ》がない方へ行くことになった。練習室からも離れたこの廊下の先は裏口だ。初日にスザンナ先生と利用したが、時間帯によっては人とすれ違うことがない。

裏口を開ければ、そこには紫の瞳が印象的なプリマ——ゾーヤが立っていた。彼女がいつも一緒にいる人達は誰もいないようだが……これはいわゆる呼び出しか。果たし状をぶつけられることはないと思うけれど、先ほど怒らせてしまった件があるのでなんとも言えない。

「えっと、一応お伺いしますが、ミハエルは？」

「あれは嘘よ。貴方と一対一で話すためにカトリーヌにお願いしたの」

「そうですか」

途中で薄《うっす》ら気が付いてはいたけれど、やはりそうなのか。でも一対一を希望するとは、ゾーヤは潔《いさぎよ》い性格のようだ。

「支配人室にいたようだけど、さっきのことを告げ口したのかしら？」

「恍《とぼ》けないで。私が貴方に勝負を挑んだ話よ」

「ああ。別に支配人には伝えていません。私はすぐにここから立ち去る身ですし」

確かに言われてみると、先ほどの件があったばかりですぐに支配人室へと行けば何か告げ口をしているのではないかと思われそうだ。

「彼は私を辞めさせることはないわよ。私はここに必要な存在だから」

「そうでしょうね」

「ねえ、馬鹿にしているの？」

「していませんが。……申し訳ないですけど、私に何を言いたいのかはっきり言ってもらえますか？　私は先ほども言ったように、ここの劇場に混乱を起こしたいとは思っていません。プリマが降板となったら大問題だと思いますし、ゾーヤさんは誰よりもプライドを持って踊られています。貴方がいなくなるのは、ローザヴィ劇場にとっていいことではないはずです」

ゾーヤは周りのバレリーナよりも上手く、見目も相まって、流石はプリマといった貫禄《かんろく》がある。それが認められているから、普段も仲間が多いのだろう。裏方の人とは多少上手くいっていないようだが一目を置かれているのは間違いない。彼女はここに必要な人間だ。

「もしもミハエルが好きなので私が気に入らないということでしたら、申し訳ないですが、ミハエルは譲れませんので――」

「違うわ。男のことなんてどうでもいいのよ」

どうでもいいとは聞き捨てならない。しかし真剣な顔のゾーヤを見て、口を閉じた。

「はっきりと言わせてもらうけれど……、なんでもっと頑張らないのよ」

「……は？」

理由が見えないので、やはりミハエルのことで絡《から》まれているのかと思ったが、予想と違う言葉に戸惑う。頑張らない？　いや、頑張っていますけど。

そりゃ、プリマにとっては私の踊りは見るにたえないのかもしれない。それでもわずかな時間しか練習できず本番に挑まなければいけなかったのだから、ボリスラフさんが復帰するまでの繋《つな》ぎとしてはこの辺りで妥協して欲しいところだ。

「貴方はとても才能があるわ。見たものを一瞬で覚えて同じ動作ができるし、体力も人並み以上にあって、身体能力も高い。類稀《たぐいまれ》なるバレエの才能よ」

「……ありがとうございます？」

怒られているのに褒められてしまった。これいかに。

私は戸惑いつつ、お礼を言った。いや、これはお礼を言うべきところなのだろうか。

「だというのに、どうしてもっと上を目指さないの?!　貴方の足……とても綺麗だったわ。変形もしていないし、あざもほとんどない。その程度の練習量で、あんなに踊れるとか正直悔しいわ。はっきり言って、才能だけなら私より上でしょうね」

足……。

スッと下を見たが、今は中履き用の靴で覆《おお》われており見えない。でも言われて初めて、どうして頑張っていないと思われたのか納得した。

バレリーナの動きはとても足に負担がかかる。そのため足が変形しやすいのだ。でも私はそれほどバレエをやっているわけではないので、バレリーナ独特の変形をしていない。さらに足に合った高い靴を履き、公演後のケアも公爵家の力を存分に使っているので綺麗なままだ。この辺りは元プリマのスザンナ先生の助言が大きい。先生もまた足の変形に悩まされていた。変形すると、普段の靴選びも大変になるからだ。

醜い足こそバレリーナの勲章のような扱いはあるけれど、体をできるだけ綺麗に保つことが、長く踊り続ける秘訣《ひけつ》だと言われたので、私はその教えに従っていた。

でもまさか、変形やあざ、たこがほぼ見られないせいで練習不足だと思われるとは。私が素足になるのは着替えの時だけなのによく見ている。

もちろん彼女よりも練習していないとは思うけれど……思ってもいない指摘だったせいでど

ぎまぎする。

「男にうつつを抜かしている暇があったら、もっと上を目指してよ。貴方はこの劇場の中心となり、プリマだって目指せるわ」

それは難しいような……。

なんとなくゾーヤの性格などが見えてきた。彼女はバレエに妥協できない、バレエ馬鹿な人のようだ。でも私は、前提条件の学校も出てなければ国家資格もない。たまたま偶然が重なって、一時的に踊っているだけだ。

踊るのが楽しくないかと言われれば、正直楽しい。裏方でわいわい繕い物や刺繍をするのも好きだ。この職場が悪いとは思わない。

でも私が一番したいことはここに留まってはできない。

「私は――」

「ちょっといいかしら」

ゾーヤと話していると、ここまで私を連れてきたカトリーヌが、いつの間にかゾーヤの後ろに立っていた。そういえば、彼女はどうしてゾーヤからの呼び出しを私に伝えてきたのだろう。カトリーヌは臨時のダンサーなので、ゾーヤと普段から仲がいい様子を見たことがない。これまでの会話から察するに、ゾーヤは結構潔い性格をしていそうなので、彼女を脅《おど》したとも考えにくかった。それぐらいなら、直接支配人室に乗り込んできそうだ。

だとすると、社交的な面があるカトリーヌが申し出たと言われた方がしっくりくるけれど……。

彼女は普段と変わらない、人のよさそうな笑みで私の方を見ながら、ポケットから何かを出した。そして当たり前のようにその取り出したもの――折り畳みのナイフの刃をゾーヤの首筋に当てた。

一瞬何が起こったのか分からなかった。ゾーヤもそうだろう。目を見開き固まる。

「彼女を助けたければ【神形の卵】を渡して」

【神形の卵】？

聞いたこともない単語に、私はどうするのがいいのか分からず、慎重にカトリーヌを見る。

彼女の顔はやはりいつもと変わらず、手元さえ見なければ人の首筋に刃物を当てているとは思えない。本当に、いつもの人当たりのいい、バレリーナのカトリーヌのままだ。だからこそ、恐ろしさを感じる。

「……ごめんなさい。【神形の卵】を私は知りません。だから渡せと言われても分かりません」

「はっ。こっちはお前の情報も知っているんだ。誤魔化《ごまか》せると思ったら大間違いだよ。上手くこの国の人間だと思わせているみたいだけど、違うだろ。バーリン公爵領のバレリーナに【イリーナ】はいない」

……その通りだ。【イリーナ】は、バレリーナではないのだから、詳しく出演状況などを調べれば分かってしまう。バレエ団に問い合わせをすれば在籍していると言ってもらえるだろうけれど、一度も舞台で踊ったことのないバレリーナだ。怪しすぎる。でもわざわざそこまで調べられるとは思わなかった。

ゾーヤも驚いた顔で、私を見ている。

でも私がこの国の人間であることは間違いないし【神形の卵】なんて知らない。……どこかで情報がおかしくなったとしか――むしろ勘違いをしているのでは？

「いや……えっと。何か勘違いしているのかと」

「見苦しい言い訳ね。惚けるのもいい加減にしなさい。貴方だって、プリマが殺されて騒ぎが起こるのは困るはずよ」

「もちろん、それは困りますが……」

私の予想が正しければ、彼女は私を前任者、つまり私とボリスラフさんの間に神形役をやった異国人のハンスだと勘違いしているのではないだろうか。……なんで勘違いしているのと思うけれど、私も間に一人いたことに気が付かなかったし、ニキータさんも気が付いていない人もいるのではと言っていたわけで。

いや。【イリーナ】がバーリン領のバレリーナではないと調べたのなら、ついでにこの代替わりにも気が付いて欲しかった。確かに半日しか練習してないのに本番で踊った、異常な状況だったけれど!!

「その。本当に【神形の卵】は知りませんし……。えっと。私の身元はスザンナ先生が知っていらっしゃいますので、何と言っていいか。とにかく国籍はこの国で間違いないです」

「そういう言葉遊びはいいのよ。ミハエルという優男《やさおとこ》。アレ、武官よね？　一度だけ軍服で来ているのを見たわ。しかも黒のジャケットを着ていたから、討伐部よね。討伐部の武官がここでバレリーノをしているなんて、どう考えても【神形の卵】の受け渡ししかないでしょう？」

……駄目だ。明後日《あさって》な方向に勘違いされてしまっている。

確かに討伐部の武官だと知っていたら、ものすごく現在の私達の行動は怪しい。怪しいんだけど、討伐部としてここにいるわけではないのだ。だったらなんだと言われたら、私が話していい範囲を越えている気がする。

ゾーヤの首筋にナイフが向けられていなければ、ジョークのような状況だけれど、ジョークではないので彼女を刺激するわけにはいかない。

ゾーヤの顔は青白く、視線が首に置かれたナイフから外れない。きっととてつもなく恐ろしいだろう。

どうする？

このまま誤解を解いたところで、彼女は私達をそのまま解放するだろうか。……その可能性は低い気がする。逆に私がこの国の人間でスパイについて調べていたなんて話を知ったら余計に危険だ。

「っ！」

「早くしなさい！」

身じろぎ一つできないゾーヤの首筋にわずかにナイフが当たった。薄い皮が切れたのだろう。赤いものが滲《にじ》む。

……やるしかない。

私はもしもの時のためとポケットの中に隠し持っていた、フォークを素早く取り出しカトリーヌに向けて投げた。

「キャッ」

何が飛んできたか理解できなかったのだろう。カトリーヌはゾーヤを押すようにして離し後ろに避ける。私はその隙《すき》に離されたゾーヤを守るように回り込んだ。その際、腕に痛みが走る。

しかし私は顔をしかめるに留《とど》め、カトリーヌから視線を外さず注意深く見た。

次の瞬間ゾワッと鳥肌が立つぐらいカトリーヌの空気が変わった。

◇◆◇◆◇◆

「……上手くいかないな」

まさかこんな風にイーシャに対して嫌がらせが来ると初めから分かっていたならば、無理にでも着ぐるみで踊らせなかったのに。けれど、今やめさせたら裏方として働いていそうな、嫌な予感しかしない。

正直バレリーナだけではなく、裏方の人とも馴染《なじ》んでしまっているイーシャの能力が恐ろしい。これまで色んな職場で働いてきたからだとは分かっているけれど、本気で隠密向きではないだろうか。……いや、隠密をするには彼女は目立ちすぎる。見た目の問題ではなく、能力の問題でだ。さらに無意識だったりするので質《たち》が悪い。

彼女は普通のつもりのようだが、今回も優秀な部分を見せつけ、注目されていた。プリマを中心とした派閥に睨まれたのは、俺と仲がいいからだけではなく、身体能力の高さと記憶力のよさに恐怖を覚えたからだと思う。今の公演が終わればいなくなると分かっていても、もしかしたらその能力の高さから留まるかもしれないという恐怖があったのだろう。恐怖に対して人は逃げるか立ち向かうかだが、彼女達は攻撃の方に傾いたというわけだ。ただしプリマの女性だけは、イーシャに恐怖を覚えるような実力ではないので、また違うのかもしれない。

ともかくイーシャは出る杭《くい》が叩かれるように、悪意にさらされた。しかも顔が隠せる役柄というのは、何かやましいことをやろうとしている人間にとっては魅力的に見える。少々イリーナの周りがきな臭くなったが、その原因が前者なのか後者なのかは分からない。分からないが、危険であることだけは間違いなかった。現実にイーシャの周りで事故が起こり始めている。

今のところ怪我なく上手く立ち回れているのは、イーシャが絶対顔に怪我をしないと決めて、きっちりかわしているからだ。

それでも、心配なものは心配だ。精神的な負担だけでも減らせるように、できるだけフォローはしているつもりだがあまり改善されない。いっそ調査を早期に切り上げられるよう動き回った方がいいだろうと割り切るようにしているが……。どうか俺が席を外している間に、イーシャが無茶をしませんようにと祈るしかない。

ほぼ劇場の内部調査はできたので、俺は臨時の職員を派遣するバレエ学校の調査も同時にスタートした。と言っても俺がそこに赴《おもむ》くのではなく、公爵家の密偵を使う。王子がわざわざ俺を使ったということはできる限り情報を制限した上で解決させて欲しいということだ。……アイツの言いなりになっている現状ははっきり言って腹が立つが、それだけあっちも大変なのだろう。

「ミハエル様」

「わざわざ持ってきてもらって悪いね」

俺が歩いていると平民の服を着た男が声をかけてきた。気にしなければ街並みに埋没してしまいそうな男だが、彼が公爵家の密偵だ。密偵だからと言って、それらしい服装をしているわけではない。

彼から渡された書類にざっと目を通して、ため息をつく。

「ありがとう。これがあれば、解雇させることもできそうだ」

持ってきてもらったのは、バレエ学校の会計の帳簿だ。学校の教師としては金遣いが荒い者や、分不相応な高級なものを身につけている者から順番にお金の出入りを調べてもらい、学校の経理の方も調査してもらっていたのだ。

思った通り、おかしなお金の動きをしている人間はおり、その者をより調べるという方法でお金に目がくらみ異国と繋がっている者をあぶり出せた。

「後は王子に報告をして、王家の方から立ち入り調査をしてもらえばいいか。うん。ありがとう。助かるよ」

「では、私はこれで」

必要な情報はそろったので、とりあえずこれ以上諜報員《ちょうほういん》がやたらと入ってくるのは防げるだろう。しばらくすれば、今劇場で踊っている異国人達の契約期間は終わり、彼らは母国へ帰る。その後は不法滞在にならないように見張っておけばいい。

妙に諜報員が増えてきている理由は、正確にはまだ分からないが、王太子が異国の王女と結婚するためというのが可能性として高そうだ。この国ではまだ発表されていないが、水面下の動きを読んだのだろう。どれだけ隠そうとも、二国間の動きを見れば気取られることもあるし、関係がよくない国はそもそも注視していたはずだ。

異国人の王妃が誕生するということは、この国と王妃の祖国との結びつきが強くなるということだ。この先の異国人の動きは、様子見して祖国に正しく情報を伝えるか、国内で反乱を起こさせて、婚約破棄になるように動くかだが……まあ、そこまでは俺の管轄ではない。

「……そういえば」

密偵がふと立ち止まった。

「何か気になることでもあったのかい？」

「この件とは関係ありませんが、そろそろ、カラエフ伯爵が王都に到着すると思われます」

「イーシャの父君がかい？」

「はい」

イーシャが貴族間で流れているご両親の噂に心を痛めて、真実を知ろうと動いていたことはこの間教えてもらった。ただ俺が見た限り、イーシャのご両親は善良な部類の人間なので噂はあくまで噂だと思っている。それでも気になるのならば、直接たずねてみるように勧めておいたので、イーシャは手紙を出したのだろう。

ただまさかこれほど早く王都まで移動されるとは思わなかった。

イーシャとご両親の仲が微妙であることは、彼女と婚約をする際に調べている。イーシャが出稼ぎを始めたのは八歳。丁度俺と出会った頃だ。彼女は母親の友人を通して請け負っていた。イーシャはそのせいで親とぎくしゃくしていると思っているようだが、それより前から彼女と両親の仲は微妙だった。決して仲が悪いわけではないが、イーシャはもっと前の段階で既に親を頼らず、見えない壁を作ってしまっていたらしい。理由は跡継ぎである弟との愛情の不公平さからではと思っていたけれど……。しかし父親は急いで王都へやってくるほどにイーシャを気にかけているようだ。

　そういえば、お金で幼いイーシャを買おうとした相手に対して、きっぱり断ったという話も聞いた気がする。人道的ではない誘いとはいえ、借金で苦しい時の融資を断るというのは中々できるものではない。

「ありがとう。到着したら挨拶《あいさつ》させてもらうことにするよ」

　そう伝えれば今度こそ男はその場を離れた。少し視線を外せば、すぐに男の姿を見失う。初めからいなかったかのように、気配がない男だ。

　さて、さっさと王宮に戻って王太子に報告してきてもいいが、ローザヴィ劇場にいるイーシャが心配なのでやはり戻ることにしよう。

　それにイーシャには早めに父親が来ることを伝えてあげた方がいいだろう。気が弱そうな人なので、自分の娘がローザヴィ劇場に潜入し、バレリーナとして踊っているなんて場面にいきなり遭遇したら、寝込んでしまいそうだ。

「……急ごう」

　俺は少しでも早くイーシャに会いたくなって、小走りに劇場に向かう。

　イーシャを鳥かごに入れるのは無理だし、入れるべきではないというのも分かってるつもりだ。でも危険なところにいるならば、できる限り近くで守りたくなる。イーシャだけでは解決できないと侮《あなど》っているつもりはない。これは俺の弱さだ。

だけど自分達は違う人間だから、常に行動を一緒にすることはできない。閉じ込める気がないならば、この不安は飲みこむべきだ。そして少しでも不安を減らせるように話し合って、信頼を築くしかない。

自分ではどうにもできない時は必ず声に出して助けを求め合える関係になれれば、離れていても大丈夫だという安心に繋がるだろう。

そんな理想の関係には一日ではなれないだろうけれど、共に生きるならば、ゆっくりとそういう関係を作っていこう。

「まあ、まだまだだけど」

俺は不安を振り払うように走るスピードを上げた。

五章：出稼ぎ令嬢の父

「だ、だだだ、大丈夫なの？」

腕から血が流れ落ちるのを感じながら、ナイフが当たった方の手を軽く動かしてみる。もちろん痛いが、筋などが切られたわけではないので、ちゃんと動きそうだ。

背後に守っているので、ゾーヤの顔は見えないが、声からしてかなりショックを受けているのが窺《うかが》える。バレリーナなので人より度胸はあるが、血や暴力などへの耐性があるわけではない。最悪腰を抜かしていてもおかしくはなかった。

「大丈夫です。ゾーヤさん、動けそうですか」

「……大丈夫だけど」

「なら、走って誰か助けを求めに行ってください」

背中にゾーヤを守りながら、私は体勢を低く構えてカトリーヌを見据える。彼女の持っている武器は今のところナイフのみだが、他に持っていないとは言えない。

ナイフが当たってもしびれなどないところを見ると、即効性の毒などは塗られていないようだ。まあこれはゾーヤが首にナイフを当てられ傷をつけられた時点で即死するような毒はないと踏んでいた。しかしナイフに塗られていないからといって、持っていないとは限らない。ただし銃などは所持していないだろう。もしあるなら、ナイフよりもそちらで脅《おど》すはずだ。

「貴方はどうするのよ」

「とりあえず、ゾーヤさんが逃げる時間を稼いでから、決めます」

相手の実力が分からないので、早々に撤退した方がいいのか、相手を倒す努力をした方がいいのかは分からない。やってみてから、その時の状況判断で行動を決めるつもりだ。既《すで》に怪我《けが》を負っているので、無理をする気はない。

「私だけ逃げるなんて――」

「逃げるのではなく、助けを呼んで欲しいんです。怪我をした状態で、守りながら戦えるほど強くないので」

今自分の身につけているもので、どれが武器になるかざっと確認したが、はっきり言って守るのは無理だ。

「それに、ゾーヤさんは今日も公演がありますよね。前にちゃんと言ったか分かりませんが、貴方の踊りは誰よりも美しく、この国の宝だと思っています。私は綺麗《きれい》なものが好きなので、公演を中止にしないでください。それとも首に怪我をしたから踊れませんか？」

総合判断するともちろん私の中で一番美しいのはミハエルだ。不動の一位で殿堂入り。これは間違いない。しかしバレエが美しいのは、彼女だ。

「踊るわよ。私はローザヴィ劇場のプリマだもの。分かったわ。絶対、助けを呼んでくるから。殺されたりしないでよ」

ゾーヤは反発をバネに恐怖を抑え込み走った。その瞬間こっちの動きを油断なく見ていたカトリーヌが動くが、私も持っていたフォークを投げる。

流石《さすが》によけられたが、足は止まった。私に背を向けるのは危険だと判断したのだろう。

「アンタ、暗殺者なの？」

「まさか。善良なる一般市民です。だから、武器を所持してなくて、投げるのもフォークなんです」

「フォークをポケットに忍ばせておく一般市民って何よ。でもただのバレリーナではないのは確かよね」

腕を止血するように押さえながら、私はカトリーヌから目を離さない。

「……本職はバレリーナではありません。でも、今はバレリーナです。善良な」

「善良アピールはいいわよ。悪人というのは、いつも悪く見えるとは限らないでしょ？」

確かにその通りだ。正《まさ》しくカトリーヌがそれだが、私はそんな悪人になったつもりはない。

「正直に言いますが、私は出稼ぎするしかない貧乏な伯爵令嬢です。だから臨時の仕事を請け負っているんです」

「はあ？　もう少しマシな嘘《うそ》はないの？　腕は確かだけど、センスがないわね」

まったくの嘘というわけではないんだけど。

確かに今回については、お給料のために臨時のお仕事をしているわけではない。でも出稼ぎするしかない貧乏伯爵令嬢なのは確かだ。……やっぱりお嬢様っぽくなさすぎて、信じてもらえないのだろうか。

見た目や第一印象って大事だもんなぁ。

「臨時のメイドの仕事をすれば、給仕でフォークを運ぶこともあるので、的めがけて投げられるんです」

「どんなメイドよ」

こんなメイドですけど、何か？ でもまあ、しっかり的に当てられるようになったのは最近で、既にメイドは辞めている。今日にいたっては、故意的に持ち合わせていたわけだけど。

「メイドは結構強いので、箒《ほうき》一本あればイノシシぐらい退治できるんですよ。フォークを武器にするぐらい朝飯前です」

「そんなわけないでしょ」

間髪入れずに否定され、私は眉をハの字にした。でも箒一本あればイノシシなら倒せると思うので、これも嘘をついているつもりはない。カラエフ領では、本当に山から下りてくるので、倒さないとこっちが危険だ。流石に熊を箒で倒せと言われたら、ちょっと難しいけど。それでも田舎《いなか》生まれを舐《な》めてはいけない。

そんな軽口を言い合っていたが、ふっとカトリーヌの空気が再び変わったのを感じて、私も身構えた。

一蹴《ひとけ》りで私のところまでナイフが迫ってきたため、私はそれを避《よ》けるために後ろに飛んだ。その後も迫るナイフをかわす。

「逃げないでよ。箒でイノシシ倒せるんでしょ？」

「箒は持っていないですし、痛いのも嫌ですから」

「なら、【神形《みかたち》の卵】を渡しなさいよ。そうしたら命を取る気はないわ。貴方を殺すのは中々に骨が折れそうだし」

「だから、何度も言っていますが、勘違いです。そんなもの、知りません」

私はナイフを避けたタイミングで回し蹴りをしてみるが、やはり腕を切られるといつも通りの動きができないようだ。本能的に体を守ってしまい、捻《ひね》りが甘く、蹴りがいつもより遅くなる。そして遅い蹴りは簡単に避けられてしまう。

私が習ったのはあくまで護身術。戦い抜くのを目的とした戦闘訓練を受けているわけではないので、痛みに強いわけではないのだ。

カトリーヌの体力がどれぐらいあるか分からないが、怪我をしている私の方が不利なのは間違いない。いつ頃ゾーヤは助けを連れてきてくれるだろう。ツウッと嫌な汗が背中を伝う。

そんな中再びナイフが私めがけて突き出された瞬間、頭の上に影が落ちた。

その影が何か分からないが、私とカトリーヌはお互い離れるようにして頭上から降ってきたものから距離をとる。ボスッと鈍《にぶ》い音を立てて落ちたのは、旅行鞄《かばん》だった。

……えっ？　鞄？

「私の娘に何をしているんだ!!」

「えっ？」

叫ぶような怒鳴り声に弾《はじ》かれ、そちらを見れば父が今まで見たことがない眼光で睨《にら》みつけていた。いつものどこか自信なさげな困り顔ではない。

そしてとても勇ましい顔で、父は帯刀していた剣を抜いた。

「お父様、駄目《だめ》っ!!」

何故ここに。そう思ったが、それよりも先に伝えなければと、私は力の限り叫んだ。

父に剣を抜かせてはいけない。そんなことをしたら、血を見ることになる。

私の叫び声でカトリーヌが身構えると同時に、視界から父の姿が消え、剣だけがカトリーヌの方へ飛んでいく。

「うわっ!!」

カトリーヌが小さく叫んだ。ついでに父も叫んだ。

消えたと思った父は、思いっきり地面に顔を打ち付け倒れていた……自爆である。よかった。首や手が切れていなくて。

私は急いで父の傍《そば》に駆け寄る。

「なんで剣なんて持っているの⁈　死ぬ気⁈」

「一応、護身的に……」

「使えないものは逆に危険なのっ‼　私兵団の団長にも言われてたよね⁈」

私の父親の運動神経は、自他共に壊滅していると認められていた。剣など持たせた日には、自分を切る未来しか見えない。むしろこの非力な父が、よくぞここまで重い剣を持ち運んだものだと思わなくもないけれど、それならばいっそ私に貸して欲しかった。

折角《せっかく》ゾーヤを逃がしたのに、再び守らなくてはいけない相手ができて、私は何が最善か必死に考える。怪我をした状態で守るのは無理なのだ。なら逃げるように言うかだが、説得以前に、父が逃げ切れる自信がない。

でも父が来たということは、他の人も近くまで来ている可能性が高い。父の足のスピードを考えれば、父より後に走り始めた人もすぐに追いつく。

こうなったら――。

「ミハエル、助けてっ‼」

人がいるならば、私が助けを呼べばいい。誰をと考える間もなく、私は誰よりも信頼している人の名前を呼んでいた。

「分かった。待ってて」

えっ⁈

ミハエルの名を呼んだが、もちろん本当に来るなんて思っていない。しかし私が叫んだ瞬間、返事が返ってきた。

そして私と父の横を、凄《すご》いスピードで誰かが駆け抜ける。その後ろ姿は、間違いなくミハエルだ。彼は父が投げるようにして落とし、地面に突き刺した剣をまるで聖剣のように抜くと、そのままカトリーヌを切った。

状況を見て不利を悟り逃げようとしたカトリーヌだが、ミハエルの判断の方が一歩早かった。それでも腕でカバーしたらしく致命傷までは負っていない。だが彼女が逃げ出す前に、ミハエルは彼女のお腹《なか》を蹴り上げ昏倒《こんとう》させる。……流れるような、鮮やかな動きだ。

「イーシャ、大丈夫⁈」

「えっと。ミハエル？」

何でここに？

彼はカトリーヌの意識がないことを確認すると、血に濡《ぬ》れた剣をぽいと捨て、タックルするかのような勢いで私を抱きしめたのだった。

◇◆◇◆◇◆

ミハエルの剣捌《さば》き、鮮やかだったな。

父が落とした剣を抜く時など、安物の剣なはずなのに、まるで聖剣を抜く勇者のようだった。絶対後光がさしていたと思う。

そして重いはずの剣の動きは早く、まるで稲妻のようだ。思い出すと、ほうと感嘆のため息が出そうになる。

ミハエルを遠くから眺めていた時代でも、剣を振るう姿は中々見ることができなかった。練習姿ですらそうなのに、まさかあんなに近い位置で見られるなんて役得すぎる。剣を握って戦っている姿を見るのは二回目だ。でも着ぐるみ姿の時は視界が悪かったので、ちゃんと戦っているところを見ることができなかったし――。

「――っ?!」

「イーシャ、俺の戦いを思い返してニヤニヤするのはいいけれど、まずは怪我の治療に集中」

「……はい」

支配人室に移動した私は、ミハエルにトントンと傷口をアルコール消毒されていた。脱脂綿が傷口に触れる刺激に私はビクビクっと震える。痛い。痛いけれど、ミハエルに与えられる痛みなら耐えられる……と思っておこう。

幸いそこまで傷は深くなかったので、出血は止まったようだ。ただし破傷風《はしょうふう》などに罹《かか》るといけないのできっちり消毒し、グルグルと包帯で巻かれる。大袈裟《おおげさ》なと言ったら、絶対怒られるので大人しく私はミハエルの治療を受けた。私は大丈夫だと思っているが、ミハエルが心配するので、また後で公爵家の主治医にも傷を見せることになっている。……医者代がもったいないとちょっと思ってしまったけれど、お口にチャックだ。チラッと顔に出てしまったのか、少し不機嫌そうな目を向けられる。不機嫌な表情のミハエルも麗しいけれど、怒られるのが趣味だということはない。断じてない。ミハエルだから、希少価値を見出《みいだ》せるだけだ。

「まったく。花嫁なんだから、怪我は駄目だって言ったよね？」

「あー……。すみません。でも顔じゃないので、セーフ……いえ。なんでもないです」

ミハエルの目つきがいつも以上に鋭くなったため、再びお口にチャックした。

「これから毎朝、俺がイーシャの傷の消毒をするからね」

「えっ」

自分でするから大丈夫と言うつもりだったが、にこやかな笑みに黙った。沈黙は金なり。確かに利《き》き腕に包帯を巻くのは、誰かにやってもらった方が楽だ。

「いやあああ。痛い、痛い、痛いっ!!　ニキータ、もっとやさしくして」

「お前は。娘の方が我慢しているというのに。そもそも、自爆したんだってな?!　だから俺は行くなって言ったのに」

「だって……」

「だってじゃない。自分の運動神経のなさをちゃんと自覚しろ」

「いつもは、ちゃんとしているよ」

ニキータさんと父は、私が思っていた以上に気心の知れた仲のように見える。ニキータさんの言う通り、友人なのだろう。

膝《ひざ》を消毒されていた父は、気まずいのかボソボソとつぶやくようにニキータさんに反論した。

確かに実家では、できないことはできる人に任せるようにしていた。実際屋根の雪下ろしは、父がやるより、私がやる方が上手くいくので私の担当だ。父がやったら命の保証ができない。

神形の討伐もそうだ。父は指示を出すけれど、自分では行かない。周りもそういうものだと思っているし、行ったら普通は遭難しない場所で遭難しそうなのだ。むしろ行くと言いだしたら全力で止める。

「君の運動神経のなさがイリーナに遺伝しなくてよかったよ」

「……自分もそう思う」

呆《あき》れたようにニキータさんに言われた父は、シュンとしていた。それを見たニキータさんは、バンバンと父の背中を叩《たた》く。

「そこまで落ち込むなって。イリーナ、とってもいい子に育っているぞ。可愛《かわい》いし、真面目《まじめ》だし。運動神経もいいし」

「それはイリーナが努力したからだ。私は関係ない」

「はいはい。実際そうだけど、それだけでもないだろ」

そうニキータさんは言ったが、父が私の努力を認めてくれていたことに驚く。いや、そこまで仲が悪いというわけではないのだから驚く必要はないのだけれど、私が出稼ぎに行っていることをどう思っているのか直接聞いたことがなかったので、初耳に近かった。

父はいつも私が出稼ぎから帰ると、後ろめたそうな顔をしている印象しかない。

「君の悪い癖だ。ちゃんと父親をしているのは間違いないんだから、そこは誇っていいのに、自分で自分を認めようとしない。イリーナから手紙をもらって慌《あわ》てて来たんだろ？　領地のことをリーリヤに任せてまで」

「それはそうだが……でも、親なら当たり前だろう？　それに今は氷の神形も出ない時期だからリーリヤでも問題ないし」

父は心底不思議そうな顔をした。そのためニキータさんは、大きなため息をつく。

「確かに当たり前かもしれないが、イヴァンはここまで馬車で来るだけでも虚弱すぎてキツかっただろ」

「数回吐いたぐらいで、そこまでじゃ……」

吐いたのか。

父は乗り物酔いも酷《ひど》い。この長距離は辛《つら》かっただろう。

「そんなフラフラだったのに、ゾーヤがイリーナの危険を知らせに来た瞬間、そのまま走っていっただろ。俺が止めるのも聞かないで。お前はちゃんと父親をしているよ」

父の足は遅い。それでも足を怪我しているニキータさんよりは早かっただろう。そして鞄が飛んできたのは、父は荷物を置く間もなく走ったからということだ。……まさかそこまでしてくれるとは思ってもみなかった。

どうしようかと思っていると、父と目が合う。彼は私を見ると、いつもの困ったような後ろめたいような顔をした。

「イリーナ。……情けない父親で申し訳ない」

「いえ。お父様は確かに荒事には向きませんが、その……あの場面で鞄を投げてくれたのは助かりました。ありがとうございます」

その後剣が手からすっぽ抜けたのを見た時は肝が冷えたけれど、でも鞄を投げられる前は、いつ助けが入るか分からないのに防戦しかできず、心が少し折れかけていたのだ。

「ううう……」

「えっ。お父様?!」

お礼を言った瞬間だった。父が突然泣いた。

いや、父だって人間だ。泣くこともあるだろう。しかし私はこれまで、父が困り顔をしたり、気まずげな顔をしたりするところは見ても泣くところは見たことがなかった。思えば怒った顔を見たのも、助けに来てくれた時が初めてだ。父には貴族特有のポーカーフェイスなんてできないだろうと思っていたけれど、もしかしたら私よりもずっと内心を隠すのが得意な人なのかもしれないと今更気が付いた。

「ほらほら。そんな情けない顔を見せたらイリーナが困ってしまうよ」

実際私は困っていた。どう反応を返していいのか分からないのだ。ミハエルは親子のことだと遠慮してか聞き役に回り、特に何も言ってはくれない。この混沌《こんとん》とした状況でニキータさんが間に入ってくれたのは、ありがたかった。

「イリーナ。これまで……ずっと苦労をかけてごめんな……。私は、あまりに駄目で……皆に迷惑をかけ……イリーナまで貧乏で、服もろくに買ってやれず……。私よりもニキータが父親だった方が、イリーナもアレクセイもリーリヤも幸せだったんじゃないかと――」

ゴツッ。

痛そうな音が父の頭から聞こえた。同時に父は頭を両手で押さえて呻《うめ》き、ニキータさんは分かりやすく握りこぶしを見せる。

「そんな言い方をしたら、イリーナが出自を心配するだろうが。君が自分を卑下《ひげ》するのはいつものことだけど、彼女は変な噂《うわさ》が流れて苦労しているんだから、混乱を招くようなことは言うな」

「す、すまない。あの、その。イリーナ。えっと、君は、間違いなく、私とリーリヤの子供だ」

ニキータさんに言われて、慌てて父が釈明した。でもその釈明に対しては、そうだろうなと素直に思う。

　私の顔立ちはどちらかというと母親似だが、瞳の色は父親の灰色を受け継いでいるし、まったく似ていないわけでもない。

「その、ニキータは、リーリヤ……えっと、お母さんのことが好きだったんだ。彼は告白もしたんだが、私の方が先に告白をしていたから……その」

「お前は、まだそんなことを。リーリヤはお前を選んだんだよ」

「でも君はリーリヤの神のような存在だが、私なんか――」

「なんかじゃないし、なんで振られた俺がお前を慰《なぐさ》めないといけないんだ。こんな状態だからイリーナもお前の凄さが分からないんだよ。イリーナはお前が演出家の卵だったことも知らなかったんだぞ?!」

「演出家にならなかったんだから、言う必要なんてないだろ?」

　さも当然だと言わんばかりの父に対し、ニキータさんの眼光は鋭くなる。……どうやら二人の間には認識の差がありそうだ。

「イリーナ、ごめんね。前に君のお父さんは演出家の卵だったという話はしたよね。実際にはもうほとんど演出家といっても遜色《そんしょく》なかったし、周りも頼りにしていたんだ。イヴァンの記憶力はそれだけ飛びぬけていたから」

　父を当てにしないと決めたように私の方を向いて話すニキータさんは懐《なつ》かしそうな顔をして

いた。私を励ますためにわざとよく言っているという感じでもない。実際父の記憶力が優れているのは知っている。というか、父の唯一の特技なので、それがなくなると……流石にちょっと……。

「過去の公演の音楽や振りつけを覚えて、言われたものを伝えるぐらい誰だって――」

「誰もできないからな。イヴァンはとにかく見た情報全てを覚えられた。残念なのはそれを実行するだけの体力も運動神経もなくて、バレリーノには到底なれないってところだな。ただし勉強家でもあったから、学校でも様々な本を読んでいて、多彩な分野の知識も豊富だったんだ」

「いや。あれは、ただで読ませてくれるっていうから……」

ザ・貧乏性。

その理由の部分には私も大いに納得してしまった。ただで読ませてくれるなら読むだろう。全部記憶できるかどうかは、分からないけれど。

「えっと。イリーナには話してなかったから、最初から説明した方がいいよな。えっと、本来カラエフ伯爵領は私の弟が継ぐ予定だったことは知っているか？」

「はい。お母様から伺っています」

父は虚弱であったがために、早々に爵位の継承権を弟の方にうつされた。そして父は成人できないかもしれないと言われながら育ったそうだ。しかし幸か不幸か、父の命は死神に捕らえられないまま成人してしまった。ただし虚弱体質が改善したわけではないので、父が後継者になるとは誰も思っていなかったらしい。

「虚弱が理由で後継者から外れたが、流石に成人後も養ってもらうのは難しい環境だからな。私は生きていく方法を考えなくてはならず、王都の学校に通って進路を模索していたんだ。虚弱でなければ、カラエフ領の私兵団などをやったんだろうが……」

男兄弟で爵位を継げない方は、領地の仕事をするのが一般的だ。というのも、何かあった時の代わりが必要だからだ。沢山《たくさん》兄弟がいれば別だが、父は二人兄弟。本来なら私兵団に勤めるのが妥当だ。しかし継承できない理由が虚弱だから私兵団で働くなど到底無理な状態。となれば、父の存在はカラエフ伯爵家で持て余されただろう。

「追い出されたような形にはなってしまったが、あれは父なりのやさしさだったんだと思う。王都に行けば、虚弱でも何かしら仕事もあるだろうと。だが私は文官の才能もなくてな……卒業後の進路に悩んでいたんだ」

「成績が悪かったわけじゃないからね。ただ、本当に謀《はかりごと》とかできないし、精神的にも強くなかったんだ」

「分かります」

ニキータさんはフォローしようとしているのか、それとも客観的事実を伝えようとしているのか分からないが、追加で説明を入れる。父は馬鹿ではないけれど、器用な性格でもないことは私も知っている。

本当は領主としての仕事も向いていないのだろう。よく貴族同士とか商人とのやり取りに四苦八苦して頭を悩ませていた。それでも投げずにちゃんと領主をやっていて、元々災害の多いカラエフ領の被害を最低限にまで下げ、借金を完済したのも知っている。だから私は父を尊敬していないわけではない。歴代当主のような強さはないけれど、父は父なりにできることをしている。

「それでどうしようと迷っている時に、リーリヤに出会ったんだ。リーリヤは落ち込んでいる私に、神を見れば絶対元気になると言ってバレエを勧めてきたんだ。カラエフ領にはそういった娯楽はなかったから、初めて見た時はとても新鮮で心躍《おど》ってね。芸術に携わる仕事をしたいと、あの時初めてやってみたいことが見つかったんだ」

「最初俺に弟子入りしたいと言ってきた時は頭湧《わ》いているのかと思ったなぁ。イヴァンはあの頃既にいい歳《とし》だったから、今からバレリーノを目指したいとか無理だし。そもそも運動神経も体力もなかったからね。でもリーリヤの紹介だったから裏方の仕事を任せたんだ。イヴァンは貴族の坊ちゃんという感じだったから、給金も低いし、絶対辞めると思っていたけど」

二人の話によると、父はすぐには諦《あきら》めず、どんくさいながらも頑張って働いていたそうだ。周りだって鬼ばかりじゃない。どんくさくて、体力が底辺でも頑張っている姿に、次第にほだされ色々父に教えたそうだ。

そしてその結果、父の記憶力のよさが知られることとなった。バレエを踊ることはできないけれど、一度見た公演の振りならば全て記憶していたし、誰がどのタイミングで踊り、裏方はどう動くのかなどを全て覚えていたのだ。さらに学校の本を多く読んでいたことで、博識でもあることが知られ、最終的に演出家が父を弟子にしたらしい。

「そしてこいつは、いつの間にかちゃっかりリーリヤにプロポーズをして了承を得ていたんだ。普通演出家になったらとか考えるだろうに、本当にいつの間にという感じだったよ」

「えっ。いや。その……」

「まあ、終わった話だけれどね。俺ももう納得している。その後、二人の間にイリーナが生まれたわけだ。赤ん坊の頃からリーリヤに連れられてくる君は、劇団皆の子供のように可愛がられていたよ。全員がイリーナは将来プリマになるって、親馬鹿を発揮していたなぁ」

私の知らない頃の話だ。

三歳までしか王都にいなかったので、ほとんど記憶に残っていない。私も記憶力はいい方だと思うけれど、幼児期の頃は流石に覚えてなかった。

「カラエフ領の領主を継がなくてはいけなくなったのは、丁度《ちょうど》アレクセイがリーリヤのお腹に宿った頃だった。カラエフ領はかつてない大寒波が起こり、それを解決するために神形の討伐が組まれた。私の弟は、領主として氷龍《アイスドラゴン》の討伐に参加したんだ。王都からの武官の派遣もあり、既に群れとなってしまっていた氷龍だった[illegible]とか退治できた。しかし被害も甚大《じんだい》だったそうだ。そしてその被害者の一人が弟だった」

　この事故さえなければ、私は平民としてプリマを目指していたのかもしれないと思うと、人生何があるか分からないものだと思う。

「弟は結婚もまだしていなかった。父は……イリーナの祖父はとても残念がっていたと思う。それでも私しかいなくなった時、父は私を呼び戻《もど》した。そして父は私の子供に期待したんだ。私は父の期待に応えられなかったからね」

「あんな偏屈じいさん、くたばれボケと言ってやればよかったんだ。武術に優れていることがイコールで領主として優れているわけじゃないだろ。そもそも領地を継ぐ人間がいないなら、国に返還すればよかったんだ。そうすれば、イヴァンは今頃数々の名作を生み出す演出家だったはずだ」

「そういうわけにはいかないだろ。ただでさえカラエフ領は旨味《うまみ》がない土地なんだ。あの状態で返還したら、領民は悲惨なことになる。それに……父は死んだように生きる私をカラエフ領の外に出してくれたんだ。だから……私は戻らないといけないと思ったんだ」

「追い出しておいて、都合よく扱おうとしていただけだろ。しかも借金まみれで返済に苦労することを分かって押し付けたんだよ。自分で返済もできないくせに」

　父にとって祖父はとても複雑な立場にいる人なのだろう。

　対してニキータさんは、相当祖父のことを嫌っているようだ。きっと父や母を思ってなのだろう。父はそれに対して、困った顔をしていた。

「そうかもしれない。けれど父が私に自由をくれたのは事実だから、私に拒否権はないし、この選択は後悔していない。でもイリーナやリーリヤ、それにアレクセイには申し訳なく思っている。借金を負ったのは祖父であり、私の弟なのに、その返済を負う羽目になってしまったから」

領民が飢え死にしないために借金を父は負った。でも借金を負うことを決めたのは父ではなく祖父と叔父。父は返済義務だけを押し付けられ、貧乏くじを引かされたようなものだ。真面目すぎるともいえるが、たぶん父が領主だったとしても、同じ道を選んだのだろう。

「それでも、私は、一つだけ父に反抗しなければいけなかったと今でも思っている」

「反抗ですか?」

聞いた限り父は祖父に対してとても従順だったようだ。これまでの選択も納得していると言っていた。それなのに反抗しなければいけなかったとは、どんなことだろう。

「私は父の言いなりだったからね。領主も継げない虚弱な私はいつも負い目があった。父にもずっと自分の身をわきまえろと言われていたよ。弟の迷惑になるな。生かしてもらえるだけありがたいと思い、領地のためになることをしろと」

「お前の祖父の価値観が古すぎるんだ。そうやってお前の自信をことごとく奪っておいて、最後は戻ってきて借金返せとか……本当に、腹立つ」

ニキータさんは本気で怒っているようだ。

「それはいいんだよ。でもね、父がイリーナを見た瞬間、『女なのか』とあからさまにがっかりして、さらにイリーナを否定するような言葉を発した時、私は怒って止めるべきだったんだ。私が言われて苦しかった言葉を、イリーナにも浴びせるのを黙っていてはいけなかったんだ」

祖父に暴言を吐かれた記憶は特になにもない。そもそも祖父の顔も覚えていないぐらいだ。祖父は祖母と結婚した時に肖像画を描いてもらったらしく、若い二人の絵姿なら見たことがあるが、それだけだ。

「はあ?!　そんなこと言われたのか。くそっ。あのジジイぶん殴ってやる」

「流石に故人は殴れないから。それに父はその頃既に病に冒《おか》されていたから、早く孫を領主にしたくてたまらなかったんだろう。その勝手な期待が、イリーナの存在を否定するような言葉となったんだ」

爵位を女性でも継げる法律はある。実際イザベラ様は女伯爵だ。でも古くからの考えなら、爵位は男が継承するものだと思っていそうだ。イザベラ様のような例は少ない。

「私は父として怒るべきだった。でも長年の関係と、年老いて弱った父を前に強く言えなかったんだ。そのせいでイリーナへのフォローが中途半端になってしまった。本当に申し訳ないことをした」

そう言い父は頭を下げた。

父の髪は黒いというイメージだったが、久々にじっくり見た父は白髪が多く、灰色のような色合いにも見える。生まれつきではないそれは、父が苦労してきた証《あかし》なのだろう。

祖父は弟が生まれた半年後に病気で亡くなっている。だから私の記憶にはない。それでも幼い頃に弟は跡継ぎで大切だから自分は我慢しなければと強迫観念のように思っていたのは祖父の影響だったのかもしれない。でもそれが分かっても、怒りは湧かなかった。

それに今まで私が出稼ぎに自由に行けたのも、ミハエルを狂信的に崇拝《すうはい》していることに対して何も言われなかったのも、父自身が好きなことをできない辛さを知っているからだ。だから父は私の扱いに困って何も言わなかったのではなく、やりたいことを自由にやらせようと何も言わなかったのだと今なら分かる。

私は愛されている。

「お父様、今までありがとうございます。私は十分幸せです」

父が選んできた選択の上に今がある。そして私は今が不幸だとは思わない。

私が父に笑みを向けた瞬間、父の顔がくしゃりと歪《ゆが》んだ。

「イリーナァァァァ」

ズビビビビ。

父は鼻を盛大にすすりながら、また大粒の涙をこぼすのだった。

◇◆◇◆◇◆

その後私は、怪我に障《さわ》るといけないと言われ、ミハエルと共に家に戻った。公演は怪我のため、ボーバさんにお願いして、降板することになった。……あまりに降板が続いているので、呪われていると噂されそうだ。その点は申し訳ない。

父はニキータさんの家に泊まるそうだ。ミハエルは別宅に泊まっていけばと誘ったが、父は古い友人達と積もる話をするらしい。

なんだか今日は知らない父を沢山知った気がする。

「よく考えたら、私が生まれる前から父は生きているんですから、知らない父がいるのは当然なんですよね」

屋敷に帰った私だったが、自室には戻らずミハエルと二人きりでお茶をしていた。ミハエルが、本当は自室でゆっくり休んで欲しいところだけどと前置きしつつも大事な話をしたいとお願いしてきたためだ。姉妹は私が怪我をしたため、とても心配してくれていたが、ミハエルの顔を立てて席を外している。

私としてもまだ興奮が冷めていなかったので、正直ミハエルと一緒にいられるのは悪くなかった。部屋に帰ったところで寝られそうもない。

「でも話を聞いて、流石はイーシャのご両親だなと思ったよ。色々、面白いぐらい似ている。

特に神様扱いとかね」

「うっ。……血筋って怖いですね」

盲目に信仰してしまうのは、血筋の問題なのか偶然なのか。母がバレエに対して熱狂的だなんてこと、これまでまったく気が付かなかった。今はもう信仰を止《や》めてしまったのだろうか。いや……。私と同類ならば、こっそり崇拝していそうだ。家探《やさが》しすれば祭壇とかあるのではないだろうか。

「弟君もそうだしね」

「えっ。アレクセイも何か信仰しているんですか?!」

「えっ?」

「そっか。あの子も、私に隠れて……。年頃ですもんね」

やっぱり血筋なのだろうか。それにしてもミハエルにまで布教活動をしたならば、相手は女性なのかもしれない。気になるけれど、思春期のそういった隠しごとを姉が暴くのは可哀想なので、知らないふりをしておいてあげよう。

「あー……うん。イーシャって、思考回路がお父さんにも似ているんだね。いや、イーシャがアレなのは、祖父が関係しているみたいだし遺伝というよりも環境によるのかな?」

ブツブツとミハエルはつぶやきながら考察しているようだ。

私の人格形成が遺伝なのか環境なのかは分からないけれど、とにかく当初の問題だった、略奪愛も二股もなさそうな[illegible]否定すればいいし、姉妹達にも説明できる。

「あっ。そういえば、カトリーヌはどうなりました？」

「彼女は今武官の方で身柄を拘束しているよ。流石にあそこまで強硬手段をとる異国人を野放しにはできないからね。元々現国王は、芸術に関して他国からの指導者を積極的に受け入れていたから、異国人による諜報《ちょうほう》活動もある程度は見逃している部分もあったんだ。でも最近は行きすぎていたから、徐々に厳しくなると思うよ」

「えっと、ローザヴィ劇場で異国人が増えていたのは……」

「うん。イーシャの思っている通り、故意的にだね。バレエ学校の方を調べた結果、教師の中に他国からお金をもらって斡旋《あっせん》窓口になっている人物がいたから。それはしかるべき対処をしておいたよ。入国ルートが絶たれれば、次第に元に戻ると思うよ」

は、早い。

私とミハエルが潜入してまだ半月程度なのに、もう調べ切って解決してしまった。ミハエルはやはり素晴らしい。

「諜報員が増えていたのは、この国の動向が知りたかったんだろうね。王太子がどこかの国の姫と結婚するらしいという噂は既に他国にも流れているようだし、そのお相手によっては国の関係が変わってくる。婚姻から同盟を結ぶというのは昔からよくあることだから。でもその同盟を喜ばない国だってある。だからいち早く知って、結ばせたくない場合は、内乱を誘導したりして、婚約破棄を狙ったんだろうね。正式な発表前ならいくらでも覆《くつがえ》るし」

「そうなんですね。そういえばカトリーヌは私が【神形の卵】というものを持っていると勘違いしていたみたいなんですけど……。初めて聞いた単語ですが、何か王太子の結婚と関係ありますか？」

　そもそもカトリーヌは私の正体も勘違いしていたようだった。だから余計に【神形の卵】というものが、とても危険な国家機密に繋《つな》がる隠語ではないかと思えてくる。先ほどミハエルに聞いた内容の不穏さを考えるとなおさらだ。

「もしも聞いてはいけない内容なら忘れます。カトリーヌは私を前任者と私の間に短期間神形役をもらっていた異国人だと勘違いしたみたいなので」

　顔が見えない上に短期間で思わぬ交代になってしまったのが原因だろう。しかも私が、話をもらってその日のうちに舞台に立ってしまったのも勘違いを助長させたに違いない。

「ううん。イリーナは、むしろ覚えていて欲しい。【神形の卵】という単語は、まだ誰も存在を確認できていない、仮説の中に出てくるものなんだ。俺も含めてどの国も【神形】がどうやって出現し、災害を振りまくのかを研究している。卵で生まれるのか、そうではないかすらいまだに分かっていない。【神形】が現れた後の討伐方法なども調べているけれど、出現をそもそも止めることができ[redacted]た後は噂が耳に入っ

「もしもそんなことが可能なら、凄いですね」

　カラエフ領はこれまで、寒波により多くの人が亡くなっている。それは凍死であったり、飢《き》餓《が》であったり、理由は様々だけれど、寒波さえなければ生きていた人もいるだろう。そしてこの寒波は神形が引き起こす。

　また群れとなった氷龍の討伐で父の弟も亡くなっているのだ。もしも群れとなる前に討伐ができていたらあんなことにはならなかった。

「そうだね。でもこの研究は怖い部分もあってね。もしも【神形の卵】が本当に存在し、移動させることも可能ならば、戦争で戦わずとも相手国に災害をもたらし、多くの損害を与えることができるんだ」

「……戦争」

「そう。東の島国では、災害を利用して敵国が攻めてくるのを防いだこともあるそうだ。彼らは【神風】と呼んでいる。かなり古い話だし、彼らがその後神形を戦いに使用したとは聞いていないから、偶然だったんだろうとは思う。でも、もしも故意的に自然を操れるようになれば、恐ろしい力になる」

　災害を自由に起こせたら、確かにそれはとても恐ろしい。この間の水大烏賊《クラーケン》が、意図的に何匹も押し寄せてくるということだ。流石にそんな事態になったら、とんでもない死傷者が出た。

　もしも災害で酷い状態のところに戦争を仕掛けられたら……。いや、仕掛ける必要もないかもしれない。王都が機能しない国に親切顔で手を差し伸べ、多額の借金を負わせ属国に落とすことも可能だろう。災害だったらなおさら、故意に起こされたものかどうかなんて判断が付かないのだから。

想像するだけで、ブルリと鳥肌が立つ。

「もちろん、本当に【神形の卵】が存在するかどうかも分かっていないし、さらに持ち運びまで可能なのかなんてさらに未知の領域さ。それに戦争に利用することができるかもと考えられてはいるけれど、純粋に災害を減らして国力を上げることができるという面もある。どの国も【神形】には悩まされているはずだからね」

もしも【神形の卵】を見つけることができたら、とても素晴らしいことであると同時に悪夢の始まりな気がしてならない。

「それで、今回それをイーシャが持っていると勘違いしたんだよね……」

「まだ、見つかってないんですよね？」

どの国も調べているというならば、表向きはと付くかもしれないけれど。でもミハエルもこの国にはないと思っているのなら、どうしてそんな勘違いが起こってしまったのだろう。

「そうだね。もしかしたら、あれかな。王子が誕生日にもらった新しい宝石を、神形に似ているとか揶揄《やゆ》していたから。……えっ、まさか……いや、流石にこれは偶然だよな」

ミハエルは難しい顔で考え込んだ。

王子の誕生日……、あ、あれか。メドヴェージェフ伯爵が王太子に贈った新しい宝石！　既に去年の秋ごろには噂が出ていた、太陽の光と人工の光の下で色が変わる宝石だ。名前はまだなく、あの時王太子はその変化が神形のようであり、形が卵のようだとか言っていた。遠くで見ていただけなので、しっかりと思い出せないが、もしかしたら【神形の卵】という単語を使っていたかもしれない。

王太子の誕生日会。献上された新しい宝石。……意味深すぎる。

「うーん。白だと言いきれないんだよなぁ。たぶん偶然だとは思うけれど……。あっ。話は戻すけれど、もしも【神形の卵】が王子の誕生日で発表されたと思われたのだとしたら、秘密裏に国外にそれを持ち出そうとしている人物だとイーシャは勘違いされたのかもしれない。イーシャの前に踊る予定だった異国人について何か聞いている？」

「名前はハンス・シュミットで……あっ。すみません。国籍を伺うのを忘れていました」

「いや、その名前だけで、どこの国か分かったよ。その名前は偽名だね。たぶん王子の婚約者と同じ国籍なんじゃないかな」

流石博識のミハエルだ。名前を聞いただけで、国籍が思い当たったらしい。

「えっと。つまり、結婚を通して同盟を結ぶにあたり、私がひそかに兵器を横流ししている人物と勘違いされたということでしょうか？」

「今のところ、その可能性が高いね」

おおう。

まさかすぎる勘違いだ。そしてそんな危険な兵器が敵国に渡るかもしれないと思えば、絶対阻止しなければと思っただろう。かといって、私の口を封じたところで、その存在を見つけない限り安心できない。だからひたすらたずねていたのか。

「【神形の卵】に限らず、他国の神形の情報は黄金より価値があるんだ。俺が時折襲われるのは、その研究結果を知りたかったり、消し去りたかったりする意図があるからだよ。まあ、稀《まれ》に個人的な恨みもないわけではないけれど。バーリン領で俺しか入れない仕事部屋があるだろう？　そこにはそこまで重要な資料ではないけれど、【神形】の情報がしまわれているんだ」

バーリン領で臨時の使用人の仕事をした時、家族ですら入れない部屋の存在を知った。国の重要機密を取り扱っているからと聞いていたが、そういう情報だったのか。

「そしてイーシャが以前回し蹴りをしたヨハンのことは覚えている？」

「えっと。はい」

「彼は外国と繋がっている貴族に重要な【神形】の情報を渡すためにあそこに忍び込んだんだ。もちろん、そんな情報があの部屋にあるというところから、偽の情報だったんだけれど」

ヨハンはミハエルの部屋を荒らす不届き者として、とっさに成敗してしまった相手だ。泳がせていたという話までは聞いていたけれど、【神形】の情報を外国に流そうとしていたのは初耳だ。

というか、この話は私が知ってしまっていいのだろうか。今まで具体的な説明をされなかったということは、聞かない方がいい情報なのだと思っていたけれど。

「あの。これらの話は本当に私が聞いていいお話ですか？　機密事項に引っかかったりしないでしょうか」

私の困惑をよそに、ミハエルはニコリと笑った。

「確かに少々喋《しゃべ》りすぎかもしれないね。それに職業柄、全部を伝えることはやっぱりできない」

「もちろんです。ミハエルは国にお仕えする重要な役職についているのですから」

武官が忠誠を誓っているのは国王だ。だからたとえ相手が妻であっても、それを裏切るような真似をしてはいけない。

「そうだね。でも俺が一番大切にしたいと思っているのはイーシャだよ。もしもね、国かイーシャを選ばなければいけなくなったら、俺はイーシャを抱きかかえて逃走するよ」

「えっ。それはマズイのでは？　その、ほら。妹君とかご両親とか、色々大切な方がいますよね」

国と私を天秤《てんびん》にかけなければいけない状況がまず想像もつかないけれど。でもそんな状況になったらミハエルの大切な人達も人質に取られていそうだ。

「それでも俺はイーシャを選ぶよ。まあ、正直妹も両親も上手く切り抜けると思うけどね。

だって俺の家族だよ」

「なるほど、分かります」

ミハエルと血が繋がっているというだけで、凄く納得できた。皆、優秀なミハエルとよく似ているのだ。きっとどんな困難でも解決できるに違いない。むしろ足を引っ張るのは私だ。

「いや。うーん。自分で言っておいて、簡単にそれで納得されるのもなんだか釈然としないけど、まあいいや。とにかく、俺はイーシャが大切だからこそ、できるだけ隠しごとはしたくないし、俺がどんな仕事をしているのか知ってもらいたかったんだ。討伐部というのは、ただの正義の味方ではないからね」

ミハエルに言われるまで私は討伐部というのは、国で起こる災害を抑える正義の味方だと思っていた。実際その面は嘘ではない。

でも同時に【神形】を戦争に利用できないかなどの研究も行っている。そしてその研究成果は、様々な国が欲しがる危険なものだ。

「俺がこの仕事についている限り、結婚すればイーシャにも危険が迫るかもしれない」

ミハエルは真剣な顔で私に告げた。

自意識過剰ではなく、事実として私はミハエルを脅す材料となる。……なるほど。確かに、私がどこかの国に攫《さら》われでもしたら、国と私を天秤にかけるなんて事態も起こらないとも限らない。そしてその時ミハエルは、私を選ぶと言った。そして抱きかかえて逃げるというのは、身分どころか過去も全て捨てて逃げ出すということだ。

「それでも、君と一緒にいたい」

そう言うとミハエルは椅子から立ち上がった。ミハエルが立ち上がったので、私も立とうとしたが、待ってと言い止められる。

「イーシャはそのままで。怪我人だからね」

ミハエルは私の前まで来ると、どこか緊張したような面持ちで跪《ひざまず》き、ポケットから箱を取り出した。

「イーシャ、どうか俺と結婚してください」

差し出された箱の中には、銀に輝く結婚指輪が入っていた。

既にミハエルから結婚を申し込まれ、承諾もしている。それでもあえてもう一度するのは、本気で私と共に歩んで行こうという意思からだろう。

ミハエルは私に対して仕事のことなど何も知らなくていいと言ってもいい立場だ。実際旦那の仕事内容はまったく知らないという妻は沢山いるし、そういう扱いをされても私は普通に納得しただろう。それでも包み隠さず最悪のことも想定して話してくれるのは、私を対等に扱おうとしてくれているからだ。

それが、とても嬉《うれ》しい。

「……もしもミハエルが私を抱えて逃げることになっても、安心してください。私ならたとえどこに行ったとしても今まで培《つちか》った技能を駆使して、ミハエルを養うことだってできると思うんです」

「あー、うん。ソウダネ」

微妙に棒読みなのは、信じてないからだろうか。確かに貴族の娘が何を言っているんだと思われるような発言だが、私は本気だ。本気で、どこまでもミハエルと逃げる。地獄の果てまでお供する。

「だから私はミーシェニカと結婚します」

ミハエルが差し出した指輪を抜くと、私は結婚の時まで取ってあった右手の薬指にはめた。この国では、右手の薬指にはめることで永遠の愛を誓う。

ミハエルは頬を赤らめながら破顔すると、私を抱きしめた。私も彼の肩にそっと手を置くと、近づいてきた唇を受け入れたのだった。

◇◆◇◆◇◆

調査が終了したことと、腕を怪我したことにより私は降板したわけだが、結婚式を挙げる前に私宛にバレエを見に来ないかとゾーヤからチケットが送られてきた。

腕を怪我したことで、オリガを筆頭に、私を磨き上げていた人達は悲鳴を上げたが、医者の

見立てでは破傷風にさえならなければ命に別状はないと言われた。そのため適切な処置さえすれば別にベッドで一日中寝ていなければいけないわけでもない。なのでミハエルと一緒にバレエを見に行くことにした。

「ようやく、イーシャと二人きりでバレエが見られるよ」

「……そういえば、二人きりでは初めてでしたっけ」

なんだかんだ、王都に来てからローザヴィ劇場には来ているし、なんならついこの間までミハエルと舞台の上で舞っていたわけなので、私としてはそこまでの感動はない。

「そうだよ。念願のデートだよ！　本当はもっと早くしたかったのにアイツが面倒なことを頼んでくるから、こんなに遅くなってしまったんだ」

「調査が結婚式前に終えられてよかったですよね」

「アイツはわざとこのタイミングを選んだとか言ってくるし」

「そうなのですか？」

偶然ではなくわざと結婚式の直前を狙っていたとしたら中々に意地悪な任務だ。

「俺が結婚した後なら、新婚だからイチャイチャすると言って断ると思ったんだって。結婚式の準備は終わっているのだからいいだろって、いいわけないだろ。結婚前のイーシャは今しかないんだぞ?!」

ミハエルはワナワナ震えたが、王太子の気持ちも分かる。確かにもうこれ以上何するのという部分まで終わっていた。しかしミハエルの気持ちだって分からなくもない。結婚前のミハエルは今しか味わえないのだ。

どちらの言い分も納得できてしまった私は苦笑いする。

「えっと……そうだ。今だけのミハエルを写真に収めたくてカメラについても異国の方から情報を集めていたんですけど、中々いい情報が出てこなかったんですよね。でもどうやら異国では、もう少し使い勝手がよく、アマチュアも使えるカメラというのがあるそうでして」

「えっ。それも調べていたの？　いつの間に……」

若干《じゃっかん》呆れたような視線を向けられている気がするけれど、とても大事なことなのだ。絵姿よりもずっと正確なミハエルを後世に残すのならば写真は今後必要であり、より高性能なカメラを手に入れることは急務である。ついでに手に入れた暁《あかつき》には、自分でも写真撮影ができるように腕を磨いておかなければ。

これまでも、ここにカメラがあればと思う瞬間は何度も訪れていたのだ。

色々決意を新たにしていると、ミハエルが笑いだした。

「やっぱり、イーシャは俺が思いつきもしない行動をするね」

「そうですか？」

「うん。イーシャと一緒にいると、とっても楽しいよ」

「それはよかったです」

ミハエルを飽きさせないいい女への道は上手くいっているのか若干怪しいけれど、失敗しているということもなさそうだ。

ミハエルと話しているうちに、バレエの公演が始まった。本来の神形の着ぐるみが踊る流れに戻ったので、ボーバさんの恐ろしい体力と身体能力がよく分かる。……本当に人間なのかな、この人。怪我をしていたというのが嘘のようだ。

そして神形をおびき寄せるために踊るゾーヤは、まさに神聖さを感じさせた。白地に金の刺《し》繡《しゅう》が施されたチュチュ姿のゾーヤの隣に、王様役の男性が颯爽《さっそう》と入り一緒に踊る。ゾーヤが綺麗で儚《はかな》く踊るからこそ、王様がかっこよく見えた。

「やっぱり、プリマの踊りは全然違いますね」

王様に対しての愛を踊る時と、民衆を守るための愛を踊る時、同じ愛だけどまったく違うものに見える。凄いなぁと思っているうちに公演が終わり、気が付けば私は大きく拍手をしていた。

「そろそろ行こうか」

ミハエルに促《うなが》され私は席を立った。

「でも薔薇《ばら》の花束と手紙を本当に受付に渡すだけでいいの？」

「ええ。ゾーヤさんも疲れていると思いますし。それにチケットは送ってくれましたけど、実はド素人《しろうと》が踊っていたなんて彼女にとっては面白い話ではないと思うんですよねぇ」

私の事情は既にニキータさんから彼女に伝わっている。そして私が怪我をした理由が自分のせいだと思ったそうで、その結果私にチケットを送ってきたのだ。巻き込んでしまったのはむしろ私の方だと思うし、それにいいものを見せてもらうので、花束を用意していた。

ゾーヤは既に沢山の花をもらっているだろうが、花に罪はないし、なんとかなるだろう。手荷物と一緒に花束も預けてあるので、それを受け取ると私たちは受付に持っていく。

「すみません。この花束と手紙をゾーヤさんにお渡し願えますか？」

「えっ？　イリーナ？　ミハエル？」

「はい。先日はお世話になりました」

「うん。それはいいというか、怪我は大丈夫なの？　それと貴方達なら、直接ゾーヤに花束を渡して構わないわよ」

「それはいいです。皆さん忙しいでしょうし」

私が手を振ると、関係者以外立ち入り禁止の扉が開いた。それと同時に、周りがざわめく。つられるようにそちらへ目をやれば、印象的な紫色の瞳とぶつかる。

えっ？　ゾーヤ？

「花束をありがとう。私の方は落ち着いているから、こっちに来てくださらないかしら？」

「……はい」

ゾーヤの顔は怒りを抑えようとするかのように引きつっていた。流石にファンもいる場所で、私を罵《ののし》るのはマズイと思ったらしい。そして私もプリマのイメージを損なわせたいとは思わなかったので、大人しくついていくことにする。

廊下では終始無言だった。ゾーヤはもちろん、ミハエルもだ。そしてそんな空気で、私だって喋るのは無理である。今度は何に怒っているのか。

「どうぞ。入って」

「えっと、ここは貴賓室《きひんしつ》でしたっけ？　私が利用しても大丈夫ですか？」

ゾーヤが案内した場所は、私が一度も立ち入ることのなかった貴賓室だ。貴賓室は爵位の高い者や富豪がお気に入りのダンサーに会うために用意された部屋である。

「貴方、貴族なんでしょ？　それも次期公爵の婚約者」

「……はっ?!　そうでした」

言われて初めて気が付く。私は貧乏伯爵令嬢ではなく、次期公爵の婚約者で貴賓室を使う立場だ。

「……はぁ。本当に、なんだか色々騙《だま》された気分よ」

「そうですよね。私自身、貴族らしくない自覚はありますから」

「ドレスを着ている貴方を見て貴族ではないと思う馬鹿はいないわよ。というか、なんで敬語なの？　貴方の方が身分は上。いい？　そんな状態だと、私も貴方に敬語を使わなければいけなくなるわよ」

……敬語でまどろっこしい嫌味を言われるのは遠慮したい。

「分かったけど……えっと。いつも敬語で話しているから、時々敬語になってしまうかもしれないけど、その時はごめんなさい」

「仕方ないわね。とにかく座ってちょうだい。すぐ裏方の誰かがお茶を入れてくれる手はずになっているから」

「ええっ。皆忙しい――」

ギロリとゾーヤが鋭い眼光で私を睨んだので、口を閉じる。確かに貴族としてはここで接待を受けるのは正しいのだ。

「えっと。そうだ。今日は公演にお招きありがとうございます。ゾーヤさんの演技に感動しました。王に向ける情熱的な愛と、民衆へ向ける慈愛。その演じ分けも凄くて興奮してしまいました」

「敬語……。まあ、いいわ。そんなに気に入ったなら、これからもバレエを続けるというなら、目の前で沢山見せてあげるわよ」

「あっ。それはいいです。バレエは楽しかったけれど、私が一番やりたいことではないので」

あくまであれはミハエルの仕事の手伝いだ。そうでないのなら、未練はない。私はバレエを見るだけでも十分楽しめる。

「そうよね。私も駄目もとだったし。公爵夫人がやるような仕事ではないもの。でも本当に、イリーナの踊りは惜しいのよ。凄い才能があることは自覚して欲しいわ。あー、そこの優男《やさおとこ》より私が先にイリーナと出会えていれば、絶対イリーナをこっちの世界に引きずり込んでいたのに」

「それは聞き捨てならないな。イーシャはたとえ君と先に出会っていても、俺を選んでくれたよ。そして俺もイーシャを絶対見つけ出したはずだ」

私をそっちのけでなんの話し合いをしているのだろう。

「あの。よく分からない張り合いをしないでください。もしもはありませんし、私はずっとミハエルについていきますから。ね?」

ミハエルが変な張り合いを出すと、ものすごく恥ずかしい口説き文句を言い出しそうだったので、私は誤魔化《ごまか》すようにミハエルを勝者にして彼の顔を見つめた。するとミハエルはボボボボっと音が鳴るぐらい一気に顔を赤くした。肌が白いので、余計によく分かる。

「ううう。あざといけど、可愛い……。無理、しんどい」

「えっ⁈」

語彙《ごい》がなくなったミハエルを前に私はうろたえたが、ゴホンとゾーヤが咳《せき》をしたので、私は慌てて居住まいを正す。

「お熱いことで。ご馳走様《ちそうさま》」

「ううう。すみません」

「怒ってはいないから謝らないで。私も男にかまけてとか言ってごめんなさい。どうやら貴方より彼の方が貴方に熱を上げていると言った方が正しいようね」

「えっ。違うから!!　私の方がミハエルを愛し、敬っているもの」

　この長年の想いはたとえ相手がミハエルであったとしても負けてはいない。ゾーヤは目を丸くしたが、呆れたように笑った。

「つまり似た者夫婦ということなのね。まあ、それなら仕方がないわね。ただし、これからもバレエのチケットは送るからちゃんと見に来て、ついでに私に会いに来なさいよ」

「えっと。ご迷惑では――」

「迷惑なら誘うわけがないでしょうが。それから、沢山子供を産んで、一人ぐらいバレエを覚えさせなさいよ。いいわね！」

「ぜ、善処します」

　フンと鼻息荒くまくしたてられ、私は押され気味に同意をすると、ゾーヤは今までに見たことがないぐらい嬉しそうに破顔した。

　まだ結婚もしていないのに、子供のことって……。まあ、職業選択は子供が自由にできればいいし、バレエはやっておいて損もな――ああああああああ。

「イーシャ？」

「い、いいえ。ええっと、なんでもないですから」

そうか。ミハエルと結婚するということは、ミハエルの子供を産むということで……。突然具体的に思い浮かべてしまったことで、顔が熱い。

キャベツ畑から赤子が生まれるわけではないことを知っている私は、色々恥ずかしくなって、必死に取り繕《つくろ》うのだった。

終章：出稼ぎ令嬢の結婚

　とうとうこの日がやってきた。

　俺はイーシャと離れ離れだった十年と、怒涛《どとう》の半年を思い浮かべる。……よく頑張ったな、俺。

　今日は主役の服の色が白だと決まっているので、全員白以外の色でかつ、派手すぎない服を纏《まと》っていた。とにかく目立とうとする舞踏会とはまた違った雰囲気が、結婚式なのだと実感させてくれる。なんという素晴らしい日なのだろう。

「こんにちは。義兄《にい》さん」

「やあ。アレクセイ。今日は俺とイーシャの結婚式を祝いに来てくれてありがとう」

「当然です。だって、イリーナは僕の実の姉ですから」

　出席者達に挨拶《あいさつ》をして回っていると、イーシャの弟のアレクセイが声をかけてきた。

　アレクセイはイーシャと同じ髪色をしており、瞳の色が青色で違うが、容姿はよく似ている。身長もイーシャに近く、男装したイーシャと一緒に立てば双子のように見えるかもしれない。

　主役の弟ということもあり、紺色のジャケットにジャボを胸飾りとしてつけ、いつもより貴族らしい服装をしていた。

「もしも姉上と不仲になりましたら、すぐに離婚していただいて構いませんから。姉上のことはお任せください」

「結婚式当日に、どうしてそういうことを言うかな？」

「いえ。こういうことははっきりとさせておいた方がいいと思いまして。もちろん姉上が幸せであることが僕の望みですので。姉上が幸せな結婚生活を送れることを心の底から祈っています」

にこやかに笑っているけれど、握手した手が痛い。相変わらず、重度のシスコンらしい。まあ、イーシャに好かれているのは俺だし。手出しできないからだと思えば、笑って流せる程度に俺は大人だ。

「ただし、もしも姉上の好意に胡坐《あぐら》をかいて、不幸にするようなことがあったら、覚悟をしてください。さもなくば……」

アレクセイは、意味深に言葉を止めると、俺を挑発するようにじっとこちらを見た。

「不幸になんてさせる気はさらさらないけれど、俺はこれでも次期公爵だよ？」

正直、たとえ何かあっても彼に負けることだけはないと思う。そう思って、フッと大人気なく笑ってやれば、彼は表情を消した。イリーナとよく似た顔でゴミを見るかのような目をされたため、俺はビクリとする。

「イリーナ教の使徒達が、貴方に正義の鉄槌《てっつい》を下すでしょう」

「へ？」

イリーナ教の使徒？

その後再びにこやかな笑みを浮かべるアレクセイにぞわりとする。えっ。何それ、怖い。

「姉上の信者が僕だけだと思いませんよう。ご存じのように、姉上は素晴らしい女神ですので」

冗談？　本気？

どちらか分からないけれど、聞くのも怖い。確かにイーシャはなんだかんだ人を引き付けるというか、色々おかしくて、使徒がいても変ではない気もする……。

「ねえ、それって――」

「あ、あの。ミハエル君」

追求しようか迷っていると、俺は少し小さめの声で名を呼ばれた。そちらを見れば、カラエフ伯爵とその妻が揃《そろ》って立っている。当たり前だが、どちらもそれぞれどことなくイーシャに似ていた。

「今日は結婚おめでとう。今、妻と合流したんだ」

「本日はご結婚おめでとうございます」

おずおずといった様子でカラエフ伯爵が話せば、リーリヤさんが隣でカーテシーをとった。

大人《おとな》しそうな女性だけれど、騙《だま》されてはいけない。彼女はニキータさんを神扱いした上で振ったつわものであり、イーシャの母親である。

「イーシャは私が命に代えて幸せにしますので、ご安心ください。結婚を認めてくださり、ありがとうございます」

俺が改まって、覚悟と御礼を言えば伯爵の方はギクリとしたような表情をしたが、リーリヤさんの方は安堵《あんど》したような笑みを浮かべた。やはり彼女の方が、肝が据わっているようだ。

……伯爵が小心者すぎるのかもしれないけれど。

「ミハエル様でしたら、安心して娘を任せられます。娘は誰かに幸せにしてもらわなければいけないような弱い子ではなく相手を幸せにしたいと思う子です。もしかしたらミハエル様を幸せにしたいが故にから回ってしまうこともあると思いますが、娘をよろしくお願いします」

「もちろん。私はイーシャのありのままを受け止めたいと思っています」

ただ鳥かごに入れて守る関係ではなく、彼女とは対等に、お互いに支え合って生きていきたい。

俺の言葉に、伯爵もどこかほっとしたような顔をした。二人共、ちゃんとイーシャをよく見ていたようだ。両親を前に、アレクセイはバツの悪そうな顔をしている。さてと、始まるまで歓談してもらおうかと、俺の両親を紹介しようと思った時だった――。

「あああああっ!! 先輩じゃないですか!!」

騒がしい声が聞こえて、俺はビクッと声の主を見た。そこには俺の職場の副隊長の姿があった。武官の制服に階級章などをつけて一応は正式な場に出る時の恰好《かっこう》をしているが、行動が粗雑で足音も大きい。武官らしいと言えば聞こえがいいが、場にそぐわない大きな声に俺だけではなく周りの招待客も注目する。

しかし副隊長は周りの雰囲気を気にした様子もなく、ニコニコ笑いながら手を振ると、俺の方に駆け寄ってきた。えっ？

「あっ、ミハエル上官、本日はご結婚おめでとうございます。それより、先輩、なんで自分のこと？　みたいな顔でオロオロしているんですか。まさか先輩が俺の顔を忘れるなんてことないですよね」

「あ、それは、もちろん。ただ、私のことなど覚えていないかと……」

「そんなわけないじゃないですか！　先輩みたいな変わり者、忘れる方が難しいですって」

「か、変わり者」

「悪い意味じゃないですよ。先輩って、学校じゃ有名だったんですからね」

「……そんなことはなかったと思うが」

目線を合わせないでボソボソ話すカラエフ伯爵に対して、副隊長はぐいぐいと行く。……いや。彼、貧乏かもしれないけれど、伯爵だよ？　普通はもう少し遠慮して話しかけないといけない立場の人だよね？

確かにあまり裕福ではない伯爵家ではあるけれど、今日はちゃんとした服を着ており、貴族だと一目で分かるはずなのに……。

そう思うが、言葉をかけるタイミングを見失う。

「もう。相変わらずですね。でもこんな場所で再会するとは思いませんでしたよ。先輩、こんなすごい伝手《つて》を持っていたら、就職が決まらないって青い顔する必要なかったんじゃないですか？　それとも、就職した関係で公爵家と繋《つな》がりができたんですか？」

確かに就職の関係……ではあるのか？　どうなんだ？

「なら結構今いい立場なんですよね。先輩も引き抜きとかされるつもりはないと思うんですけれど、俺の職場、今、ものすごく先輩の力を借りたいんです。給料は、この公爵子息が色を付けてくれるはずなので、どうか俺の職場に来てくれま――」

「ちょっと待て」

俺は色々不味《まず》い発言を連発する副隊長の肩を掴《つか》んだ。キョトンとした顔をしているが、おっさんのキョトンとした顔など見ても癒《いや》されない。むしろ頭痛が……。彼は年齢分若い武官よりはマシだけど、脳筋組だ。

「ああ。いきなり勧誘したらびっくりしますよね。でも、これは運命だと思うんですよ。先輩がこの間話した記憶力のものすごくいい人なんです。きっとあの書類の山の地獄を一気に改善してくれる救世主になると思います」

「なるほど。色々繋がったよ」

ニキータさんとの話の時もなんだか聞き覚えがある話だなと思ったが、そうか。最初の出だしは副隊長との雑談か。

「……知り合いかもしれないけれど、俺から彼を紹介させてくれないか？」

「紹介ですか？」

「俺の義父にあたるイヴァンさんは、カラエフ地方を治めるカラエフ伯爵で、爵位放棄させて勧誘とか、爵位を授けた王の意思を否定すると取られかねない発言だから」

俺の言葉に副隊長は目を瞬かせた。そしてカラエフ伯爵を指さす。それも十分失礼な行為だけれど、カラエフ伯爵は気にしていないようで、へらっと困ったような笑みを浮かべた。

「嘘《うそ》っ!!　伯爵?!　失礼しました!!　というか、なんで、爵位継ぐ立場なのに、就活であんなに暗い顔をしていたんですか!!」

「いや。あの頃は、爵位を継ぐ予定はなかったし。武官も文官も才能なしって言われてしまっていたから……えっと。すまない」

まったく悪くないはずなのに、カラエフ伯爵の方が謝った。……確かに、彼ほど貴族っぽくない領主もいないだろう。

「そんなぁ。折角《せっかく》救世主が現れたと思ったのに……いや。これは国に喧嘩《けんか》を売ってでも救世主を得るべきでは？」

ショックを隠そうともしない副隊長に、最近潜入調査が続いていたせいで、仕事を押し付けすぎたかなぁと少しだけ反省したのだった。

◇◆◇◆◇◆

白夜は続いているけれど、少しだけ夜が帰ってきた日、私はバーリン公爵家に移動し、いつもとは違う装いに身を包んだ。でも今度は着ぐるみではなく純白のドレスで、頭にかぶるのは熊の顔ではなく細かな細工で作られたティアラとベールだ。

今日、私はミハエルと結婚式をたぶんする……違う。たぶんじゃなく、するのよ。頑張れ、私。たとえ、ミハエルと並ぶと圧倒的に美が足りない私でも、紙切れ一枚で結婚できてしまうのだ。そしてその紙切れは、今日の朝、既《すで》に受理されているので結婚はした。

昨日まではどこか他人事だったけれど、当日になりウエディングドレスに身を包み化粧を施された辺りから式を執《と》り行う実感が出てきた。

オリガの顔を青くさせた腕の傷は塞《ふさ》がり、傷跡もおしろいで誤魔化《ごまか》せる程度になったのは幸いだ。個人的にはミハエルの役に立った勲章《くんしょう》だけれど、傷物の花嫁とか色々具合が悪すぎる。

いっそミハエル一人で式を執り行った方が美しいのではないかと思ってしまうけれど……うん。それは流石《さすが》にやめた方がいい。いくら美しくても、ミハエルが痛い人間に見えてしまう。

「イーシャ。準備はどう？」

一人ぐるぐる考えていると、私の準備の間会場の方を見にいってくださったミハエルが戻《もど》ってきた。

私と対にして作られたような形状のウエディング用の衣裳《いしょう》なのに、私以上に神々《こうごう》しく見える。純白の衣に紺色のサッシュを纏うことで引き締まり、表現しきれないぐらい美しい。

金糸の刺繍《ししゅう》が銀の髪に映えて……そうか。ミハエル様は、天の使い——いや、神の化身だったのだ。ミハエル教よ永遠なれ——。

「イーシャ？　おーい。イーシャ？」

「はっ?!　え、えっと。すみません。あっ。準備でしたね。えっと、無事に終わりました。ほら。腕の傷も目立ちません。顔じゃなくてよかったです」

危うくまたミハエルを神様扱いするところだった。結婚式前にへそを曲げられては困るので、慌《あわ》てて取り繕《つくろ》う。……でも神様扱いしかけてしまうのも、ここまで美しいミハエルが悪い気がする。折角公爵家の英知を集めた化粧をしてもらったのに、ミハエルを前にしたら霞《かす》んでしまう。

「いやいや。顔じゃなくても傷をつけないでね。でもこの傷も俺はいとおしいよ」

「あっ。触ったらダメですから。おしろいを塗っているので、手袋についてしまいます。写真はたとえ白黒だとしても、最高に美しいミハエルを写真に残していただかないと」

「……まあ、そうだね。綺麗《きれい》なイーシャを残してもらわないとだしね」

結婚式はとても長い。

そのため式の途中で、何枚か写真を撮ってもらうことになっているのだ。個人的には私の写真はいらないのでミハエルを撮って、撮って、撮りまくって欲しいけれど、たぶんその注文をすると、もれなく私だけが映った写真という、いらない写真をミハエルに増やされそうなので、角度や小道具などの注文を付けるぐらいしかできないだろう。

「それにしても、イーシャは何を着ても美しいね。純白に包まれたイーシャは穢《けが》れを知らない百合《ゆり》の妖精のようだ」

「うぐっ。……そ、そうですか？　えーっと。何を着てもとは着ぐるみ姿でも？」

「もちろん。だから一瞬で、俺はイーシャだって見抜いただろう？　イーシャの美しいたたずまいが着ぐるみごしだから分からないなんてことあるはずないじゃないか」

服が変わっても私は私だ。美の化身であるミハエルに百合の妖精だとか例えられると、微妙な気分となるのでちょっと意地悪をしてみたけれど、ミハエルの方が一枚上手だった。そうだった。ミハエルはたとえ男装していても、着ぐるみ姿だったとしても、私と見抜く素晴らしい慧眼《けいがん》の持ち主だ。

「私だって、ミハエルだったらどんな姿でも、どんなに離れていても見抜けます」

「うん。そうだね。だったらお互い安心だね」

尊い。

ミハエルに対抗心を燃やした私が愚かだった。キラキラとした笑顔に色々浄化される。

「……い、今の私ならゾーヤの美貌にも勝てそうですよね。公爵家のありとあらゆる技能を駆使した、詐欺《さぎ》のような化粧術」

プリマであるゾーヤは、私の中では一番美しい女性だ。印象的な目や顔かたちだけではなく、姿勢もスタイルも貴族令嬢とはまた違った美しさを持っている。素の状態だと絶対敵《かな》わないけれど、この作られた美があればプリマにだって勝てる気がしてしまう。

「うーん。イーシャは元々綺麗なんだけどなぁ」

「これ以上の褒《ほ》め言葉は、ちょっとキツイです。結婚式はまだこれからで折角オリガが施してくれた化粧を崩したくないので、ほどほどでお願いします」

このまま褒められ続けたら、私は恥ずかしさで顔を隠すだろう。しかし今は顔を触れないので、ちょっと落ち着かせて欲しい。

「仕方がないなぁ。まだまだ褒め足りないんだけど。本当に、可愛すぎて周りに見せたくないぐらいなんだよ？」

「ううう。ミハエルの方が百倍美しいですから。ゾーヤだってきっと、こんなにカッコイイミハエルの姿、見たかったんじゃないですかね」

「いや。彼女ならイーシャのドレス姿の方を見たがりそうな気がするけど。というかゾーヤ、ゾーヤって、焼けるなぁ。なんだか凄《すご》く親密になってない？」

ミハエルがジト目で私を見てきた。そんな怪しむような関係ではないのだけど。

「そこまで親密ではありませんよ。だってゾーヤは国一番のプリマなんですから。ただ、またバレエを見に来て欲しいと手紙とチケットが送られてきたりしていまして」

ミハエルと一度は見に行ったわけだが、その後も手紙のやり取りが続いているのだ。

「また貢《みつ》いできたのか?! 彼女が男だったら、イーシャの手元に届く前に握りつぶす案件だよ」

「いやいや。貢ぐって……。ただチケットを贈られただけでそれは、過剰反応すぎませんか？」

あまりの過剰反応に少し呆《あき》れてしまう。私は男性から粉をかけられるタイプではないのでミハエルが嫉妬する相手もいないだろうけれど、だからと言って女性の、それもプリマに嫉妬しても意味がなさすぎる。

「過剰反応じゃないよ。ニキータさんがバレエにイーシャを誘う目も本気だったし。……もしもイーシャがどうしてもバレリーナになりたいなら止めないけど……」

「そこは止めてください。私はミハエルの花嫁になると決めたんです。必要な時は、いつだって踊りますけど」

「イーシャ……」

ミハエルは感極まった様子で、笑みを浮かべた。その笑みは純粋無垢《む》に光り輝いていて、直視できない。ま、眩《まぶ》しすぎる。

もちろんまた潜入するというのなら、私もその手伝いをするつもりだ。でも私がしたいのはミハエルの手伝いであって、バレエではない。

そんな話をしていると、部屋のドアが鳴らされた。

「王太子殿下がいらっしゃいました」

王太子殿下？

私は慌てて椅子から立ち上がった。一度は顔を合わせてはいるけれど、気を抜いてはいけない相手だ。

「ミハエル、イリーナ、結婚おめでとう」

王太子は、誕生日会の時と変わりないご様子だ。ニコニコと気さくに笑いながらこちらへ近づいてくる。

ただしちゃっかりミハエルにローザヴィ劇場の問題を解決させたりしているのを知っているので、油断ならない相手でもあると今は認識していた。

「イリーナがミハエルと結婚してくれて本当に嬉《うれ》しいよ」

王太子はそう言うと、私の手を握った。しかし大きな手に私の手が包まれたかどうかというぐらいで、すぐさまミハエルが王太子の手を私の手から離し、彼の手を握る。

「うーん。ミハエルに手を握られてもあまり楽しくないんだけど」

「楽しんでもらおうとは思っていませんから。今日はお忙しい中ご来訪くださり、誠にありがとうございます。お帰りはあちらです」

「本当に、つれないなぁ。そんな急いで帰らなければいけないほど忙しくないよ」

「それはよかったです。ただし結婚するのは俺なので、王子が結婚することに対してイーシャに礼を言う必要はないですから」

ミハエルは王太子の手を放すと、私の肩を持った。まるで取られまいとするかのような行動に私は苦笑いする。いくらなんでも、いきなり王太子が花嫁を攫《さら》うなんてことはないはずだ。もしもそんなことをするとすれば、嫌がらせ以外の理由などない……あっ、彼はミハエルに意地悪するのが好きなんだっけ。

ミハエルが嫌いだからというわけではなく、ただのかまってちゃん的な感じだとは思うけれど。だとすると、私も別の意味で気を抜かない方がいい。ミハエルにしかける悪戯《いたずら》の一部になって、彼を悲しませるわけにはいかない。

「ほら、ミハエルが警戒するからイリーナまで警戒しちゃうじゃないか。それにしても、女性に対していつだってすまし顔だったのに、こんなに嫉妬深くなるなんて新鮮だなぁ」

王太子はミハエルを見てニヤニヤと笑った。しかしそれに対してミハエルはハンッと鼻で笑い返す。

「俺が嫉妬するんじゃなくて、世界中がイーシャと結婚する俺に嫉妬するんですよ。そしてその嫉妬がいっそ心地いい。イーシャの優秀さも前向きな美しさも強さも全部俺が独り占めできるんだから」

「……えっと、ミハエル。さっきも言いましたが、もう少し控《ひか》えめでお願いします」

化粧のせいで顔を触れないから隠すことができないというのに。こんな風に褒めるのは卑怯《ひきょう》だ。絶対、今の私の顔は真っ赤に違いない。

「えっ？　全然言い足りないんだけど」

「最近私よりミハエルの方が褒めすぎではないですか？」

「家族になるから最愛の人に似てきてしまったのかもしれないな」

そんな馬鹿な。

いやいやいや。私にミハエルが似てしまったら、世界の損失なのでは？　ミハエルがところかまわず相手を褒めたたえるようになったら……はっ?!　さらにミハエル教にのめり込む信者が増える可能性が――。

「……口説き文句を言ったつもりなのに、イーシャが斜め上の発想を開始している気がしてならないんだけど」

「あははは。ミハエルを振り回すとか、本当に君は面白いね。これからも末永いお付き合いを頼むよ、イリーナ」

腹を抱えて笑う王太子を前に、私はなんと答えていいのか分からない。確かに公爵夫人となれば、王とはそれなりの付き合いもあるかもしれない。でも所詮《しょせん》公爵夫人は、公爵のおまけ。異性である王とそれほど深い付き合いをすることはないだろう。つまりこれは、社交辞令だ。

「俺の婚約者とイリーナはきっといい友人になれると思うんだ」

「えっと、婚約者様は確か異国の姫とお聞きしていますが……」

お姫様の友人……。あまりに世界が違いすぎて、不安しか浮かばない。異国ともなれば文化も違うだろう。でも異国から嫁いでくるとなればきっと心細いはずだ。次期公爵の嫁ならば未来の王妃の話し相手としてはうってつけかもしれない。

「うん。彼女はイリーナをかなり気に入っているし、よろしく頼むよ。いやー、持つべきものは親友の強い嫁だね。心強いよ」

「へ？」

私を気に入っている？

しかも親友の強い嫁って、何？

王太子の口から飛び出てくる内容にぽかんと口を開けていると、ミハエルが深くため息をついた。

「彼の婚約者は、以前イーシャが護衛したエミリア様なんだよ。そして殿下は、その時の件を全部知っている」

「えっ」

「水大烏賊《クラーケン》も倒す、男装の麗人とかシビレるねぇ」

にっこり笑ってくれているけれど、全然笑えない。知られたらまずい系の内容だと思うけれど、実際に知られてしまっているわけで。

私は王太子からもミハエルからも目をそらした。正直どう反応していいのか分からない。

「王都と婚約者を守ってくれてありがとう。その代わり、イリーナのご両親に対する噂話《うわさ》は消しておくよ。俺がエミリアと婚約したと発表すれば、どんな噂好きな貴族でも、そうでない貴族でも、今後国がどうなるかや、お姫様に対する噂で持ち切りになるしね」

私は自分の噂の件を話されたため、ハッと顔を上げた。

にっこり笑っている王太子は、既に私の噂も耳に入れていたのか……そして、噂を消して恩を売ろうと――。

「たまたまいいタイミングだっただけで厚かましい」

「いいじゃないか。イリーナは、俺が全てを読んでいたんじゃないかと思ったぞ。やっぱり堂々と言うと、それっぽく見えるものだな」

ち、違うの？

ミハエルのツッコミに王太子が笑っている。……駄目《だめ》だ。王太子の真意がさっぱり読めない。でもだからこそ分かった。なるほど。彼はこういう人種か。

ミハエルが王太子を警戒して邪険に扱うのも分かる。彼は人のペースを乱して自分のペースに持ち込むタイプの人だ。自由に生きたい代表なミハエルにとっては権力を持っている分面倒な相手なのだろう。

「そんなに警戒しないでよ。ミハエルの嫁でかつ俺の婚約者の友人は大歓迎だよ。誕生日会の時に俺とそれなりに仲よくしておくとお得だって言ったでしょ？」

「うん。まあ。ほどほどの付き合いをするといいと思うよ。どうしても公爵家というのは、王家とは切っても切り離せないからね」

「ほどほどって、酷《ひど》いなぁ」

「殿下自身、それなりにと言ったでしょうが。イリーナを公爵領から出さないという手だってあるんですからね。貴方の婚約者の護衛代わりとか、絶対駄目ですからね」

「えー」

可愛《かわい》く王太子がブーイングしたが、いやいやいや。姫君の護衛とか、無茶振りすぎる。そこは本職の方にお願いしたい。

「ご歓談中失礼します。そろそろ式のお時間です」

「じゃあ、また後でね」

王太子は気楽に手を振ると部屋から出て行った。……別に何かやったわけでもないのに、式前からどっと疲れた気がする。雲の上の人と対峙《たいじ》する緊張とはまた違う疲れだ。

「殿下があんな感じで面倒な性格でごめんね」

「いえ……大丈夫です」

「俺が公爵を継ぐ限り王子との付き合いは消えないけれど、どうしても我慢できなくなったら言って。一緒に国外に逃亡しよう」

「そうですね。我慢できなくなったら言います」

たぶんそんなことはないだろうけれど。でも私を一番に考えてくれているのだと思えて安心する。私もミハエルに相応《ふさわ》しくなれるようこれからも頑張ろう。彼が味方でいる限り、なんだって頑張れそうだ。

部屋を出ると賑《にぎ》やかな声が外から聞こえてきた。

結婚式は公爵家の庭で宣言をする形で執り行われる。出席者は皆外で既に待っているはずだ。

「緊張してる？」

ミハエルが私の手をそっと握った。

「そうですね。でも知り合いもいるので大丈夫です」

式には家族枠で、両親と弟がいるだけではなく、イザベラ様にも出てもらっている。

「それにミハエルがいますから」

「うん」

ミハエルが嬉しそうに笑うのを見て私も笑う。

屋敷から庭へと出ると、大きな拍手が起こった。ローザヴィ劇場でもこんな感じだったし、あれよりもずっと温かな空気が流れているので、やはり緊張で頭が真っ白になるなんてことはなかった。

そしてミハエルの母が、可愛らしい飾りのついたパンと塩を持って私達の近くにやってきた。結婚式の始まりとして定番の儀式だ。

「確か大きく齧《かぶ》りつけた方が、家の主になるんですよね」

「そうだね」

昔、結婚式のさくらをやった時に聞いた話では、この儀式で家の主導権をどちらが握るか決まるそうだ。

以前だったら、主導権を握るのは当然ミハエルだと思っていた。でもミハエルが私を対等に扱うというのならば、私もそういう自分でいられるよう強くなろう。

「私、負けませんから」

「いいね！」

私の言葉にミハエルが楽しそうに破顔した。その笑顔が幸せだ。

イリーナ・イヴァノヴナ・カラエフはこの夢のような幸せを続けるため、今日からイリーナ・イヴァノヴナ・バーリンとなる。

あとがき

こんにちは。『出稼ぎ令嬢の婚約騒動3』を手に取っていただきありがとうございます。二巻のあとがきでまさか二巻を書かせてもらえるとは思えず……と書いていましたが、まさかまさかの三巻でございます。これもここまで読んで下さっている皆様のおかげです。ありがとうございます。

冬、春ときましたので、今回は夏のお話です。というわけで、とうとう主人公達が結婚しました！　ミハエル様の悲願達成です。おめでとうございます。

と、今回のミハエルの幸せと衝撃と衝撃と衝撃を振り返っていこうかと思いましたが、実はまさかまさかで、あとがきが八ページあります。前代未聞のあとがき枚数です。ミハエル様のもろもろは本編を読んでいただければスッキリですので、ここで八ページも振り返るのはお腹いっぱいになってしまいそうだなと……。そして私の私生活もさほど面白みもない。というわけで、小話でページをうめてみたいと思います。

◇◆◇◆◇◆

【出稼ぎ令嬢の弟妹】


「お姉様、標的A確認しましたわ！　これより作戦Cに入ります」

馬車の窓から、双眼鏡で相手を見て報告していると、一緒に馬車に乗っていたお姉様がため息をついた。

「アセーリヤ。その話し方、外では止めておきなさいよ」

「えぇー。隠密《おんみつ》行動するなら、こういう言い方でしょ？」

「逆に目立つわよ。その、色付き眼鏡《めがね》も」

色のついたガラスがはまった眼鏡を少しずらせば、銀髪碧眼の美女の顔が見える。

でも銀髪は少ないためとても目立つし、更にいつも通りの私が隣に並んだらすぐにどこの令嬢かなんてわかってしまうと思うんだよね。いや、どこの令嬢か分かる程度ならいいんだけど。

ただ私達が舞台を観に来たことが噂《うわさ》になって、お兄様の耳に入るのだけは避けたいだけで。

「でも隠密って言ったら、これだと私の勘が訴えるの」

「その勘はさび付いているみたいだから参考にするのは止めなさい。普通に髪を結って帽子で隠せば十分よ。むしろそんな変な恰好をすれば、目立って仕方がないでしょうが」

「むぅ」

ノリが悪いなぁ。

こういう時お兄様なら、ノリノリで付き合ってくれるのにと思う。だけどお姉様も何だかんだ言ってわくわくしているのよね。そうでなければ、私と一緒にローザヴィ劇場の午後の公演を観に行かないはずだし。お姉様は周りに流されず、自分の意見をはっきりと言う方だもの。

実は今、ローザヴィ劇場では、期間限定で私の一押しのお兄様とイーラ姉様が踊っている。ただし公爵子息とその婚約者という立場ではなく、身分を偽った上での潜入調査らしい。事前に説明され、身バレしないように来るなと言われたけれど、こんな面白いこと見ないなんてもったいないわ。それに別に公爵令嬢が観に行ったからって、話しかけにいっているわけではないのだし、身バレしないと思うんだよね。

それに。

「仕方がないから色付き眼鏡は置いていくわ。さてと、さっそく標的Aに接触します。さあ行きましょう、コードネーム氷の女王」

「誰が氷の女王よ。それも外では止めなさい。まったく。分かったから、見失う前に行くわよ」

　私は馬車から降りると、早速標的Aの所まで移動した。標的Aは、チケット販売窓口に並んでいる。

「……ごほん。少々、お話聞かせていただけるかしら？　アレクセイ」

「へ？　うぇ?!　アセル様に、ディアーナ様?!　な、何故、ここに？」

「何故って、私達がバレエ鑑賞に来たら可笑《おか》しいかしら？」

「い、い、いえ。とんでもありません。奇遇ですね。僕もたまたま、……その、なんとなく学校帰りに公演を観に来たんですよ」

　あはははと笑うアレクセイだけれど、甘いわ。

　私達公爵家の情報網を舐《な》めてもらっては困る。彼は偶然学校帰りにここに寄ったわけではない。

「他の方のご迷惑になってしまうといけないから、一度列から離れてもらってもいい？　その代わり、今日私達が予約した貴族席に招待するわ」

「そんな。申し訳ないです」

「今後親戚になるのですもの。気になさらないで」

　お姉様が強気の笑みで迫れば、アレクセイは目を彷徨《さまよ》わせた。断る口実を考えているんだろうけれど、多分無理だと思うな。だって、私も彼の話を聞きたいし。

「アレクセイってば、最近毎日のように通っているよね？　お金、あまり余裕ないんじゃない？　それに、貴族席側からも観たいでしょ？」

「ううっ。観たいです。……申し訳ありません、ご一緒させてください」

彼は私の提案にすぐに陥落した。公爵家の情報網を駆使すれば、造作もないと言いたいけれど、駆使しなくても何となくアレクセイの行動は読めちゃうんだよね。なんというか、イーラ姉様の行動パターンと同じで。

私達は噂話の的にならないように、予約しておいた貴族席に移動した。

「アレクセイが毎日のように通っている目的はやっぱり……」

「はい。姉の踊る姿を観たくてです。今日踊る姉と昨日踊った姉、そして明日踊る姉は、それぞれ違うので……」

ぶれない。予測通り過ぎる回答に笑うしかない。

「お兄様も踊っているんだけど、二人共どんな様子？」

「えっ。ミハエル様も踊っていらっしゃったんですか？　すみません。姉しか観ていませんでした。ちなみに姉の踊りは素晴らしいです。まるで天から舞い降りた天女のような跳躍。重さというものを感じさせません。ステップもまるで妖精のよう。背中に羽があると言われたら納得してしまいそうで、人間とはとても思えない――」

長々と続くイーラ姉様の賛辞に、流石はイーラ姉様の弟だなと思う。

そしてその後、アレクセイに教えてもらったイーラ姉様の姿を観て私たちは度肝を抜かれることになった。うん。確かに人間ではないね……。まさか着ぐるみで踊っているなんて。

流石お兄様が婚約者に選んだ女性だわ。常識を軽く超えて行く。その後も結局私達は数回通うことになるのだった。

◇◆◇◆◇◆

さて。本編では話が止まってしまうので入れられなかった妹ちゃん達の話でした。たぶん、アレクセイも妹ちゃん達も、あの二人が踊っていると知ったら、お忍びで通っていたと思います。身バレしても問題ないなら、アレクセイは花束やプレゼントを贈り、出待ちもし、周りにも良さを伝え、イリーナのバレリーナとしての地位を確固たるものにしていたと思います。そして気がつかれ、イリーナに学業優先と説教されるまでが様式美ですね。流石に今回はやってはいけないと自重していますが。

さて、まだ余裕があるので、少しだけイリーナの裏設定を書きますね。一巻で幼少期のイリーナが鏡に向かって、自分を戒めるシーンが最初の方に出てきていますが、これは祖父との記憶がそうさせているシーンでした。イリーナの祖父は白髪（元は黒です）に灰色の瞳だったので、イリーナは灰色の瞳を嫌い、曇り空のようなどんよりとした気分にさせるものだと思っています。今はミハエルに宝石に例えられたりもしているので、嫌いではなくなっていると思いますが、そういう設定でした。

　そして記憶力がいいのに、王都時代を覚えていないのも、あの楽しかったころには戻れないと、思い返すのが辛くて忘れたという設定です。イリーナにしてみれば、お姫様のように周りの大人にちやほやされて裕福ではなくても楽しかったのに、突然雪しかないような場所に連れられて、さらに祖父に自分を否定され、領地のためになることをしろ、弟の迷惑になってはいけないと言い聞かされる地獄の毎日だったためでした。おのれクソじじいと、ニキータさんが怒るのも無理ないです。

　祖父の方は自分の寿命が残りわずかなのに、ちゃんと育てたつもりの次男が、領地を借金まみれにしてしまった上に討伐で死んでしまったため、色々焦っていたんだと思います。そして自信をなくしてしまったイリーナでしたが、両親は借金返済と生まれたばかりのアレクセイの世話で大忙しというタイミングの悪さが重なり、色々と拗《こじ》れたという形でした。アレクセイがそれなりに育った頃には、イリーナは自立して出稼ぎを開始していたという間の悪さです。

　さて、かなりページも埋まったところで、まとめに入らせていただきます。

　担当Ｈ様。いつもながら、色々とご配慮いただきありがとうございます。ゆったりページで書かせていただけたため、今回も書き上げることができました。

SUZ様、いつもながら麗しいイラストに感激しております。特に今回は、表紙もピンナップも結婚ドレス姿でしたので、その素敵さにうぉぉぉぉぉっと雄叫びを上げていました。ありがとうございます。

そして最後にこの本を手に取ってくださった皆様、本当にありがとうございます。現在、ゼロサムオンラインでもNRMEN様にコミカライズされており、幸せでございます。これも本を読んでくださる皆様のおかげです。是非こちらも読んでいただけると嬉しいです。

IRIS
ICHIJINSHA

出稼《でかせ》ぎ令嬢《れいじょう》の婚約騒動《こんやくそうどう》3

次期公爵様《じきこうしゃくさま》は婚約者《こんやくしゃ》と無事《ぶじ》に結婚《けっこん》したくて必死《ひっし》です。

2021年2月1日　初版発行
2021年3月22日　第2刷発行

著　者■黒湖クロコ

発行者■野内雅宏

発行所■株式会社一迅社
〒160-0022
東京都新宿区新宿3-1-13
京王新宿追分ビル5F
電話03-5312-7432（編集）
電話03-5312-6150（販売）

発売元：株式会社講談社
（講談社・一迅社）

印刷所・製本■大日本印刷株式会社

ＤＴＰ■株式会社三協美術

装　幀■世古口敦志・前川絵莉子
（coil）

ISBN978-4-7580-9328-6

この本を読んでのご意見
ご感想などをお寄せください。

おたよりの宛て先

〒160-0022
東京都新宿区新宿3-1-13
京王新宿追分ビル5F
株式会社一迅社　ノベル編集部
黒湖《くろこ》クロコ 先生・SUZ《スズ》 先生